Wir sind in Italien: Jemand soll Held sein und will nicht. Eine Stadt wird gleich zweimal befreit. Ein Geschäftemacher möchte auch seinen Tod zum Geschäft machen.

Beppe Fenoglio sieht sein Land und seine Landsleute genau, aber mit Nachsicht – die ihm vertrauten Menschen im Norden Italiens, ihre Träume wie die ihnen gestohlenen Hoffnungen, aber auch die Landschaft seiner engeren Heimat, die Langhe, ihre Eichenwälder, Weinberge, ihre Spröde und Armut.

Fenoglios teilnehmender, körniger und ironischer Realismus hat ihn, den »italienischen Heinrich Böll«, zu einem der Väter der neuen italienischen Literatur gemacht. Italo Calvino, der zu den größten Bewunderern Fenoglios gehörte, schrieb von ihm, daß er den kleinen Mann, der oft nur notgedrungen widersteht, »genau beschrieben hat, innen und außen, wahr, wie noch keiner vor ihm«.

Dieser Band sammelt die wichtigsten Erzählungen: es wird Zeit, daß die deutschen Leser Beppe Fenoglio kennen lernen.

Beppe Fenoglio

Das Geschäft mit der Seele

und andere Erzählungen

Aus dem Italienischen
von Moshe Kahn

Verlag Klaus Wagenbach Berlin

Inhalt

Das Geschäft mit der Seele

Erzählungen

Im Tal von San Benedetto

Ich atmete normal, konnte nicht den geringsten modrigen Geruch feststellen, und die Wand, an der ich lehnte, war trocken. Ein unbeschädigtes Grab, eindeutig das beste auf dem Friedhof von San Benedetto.

Mit dem Rücken an der Wand und der Decke über den Knien, aß ich weiße Kastanien. Beim Öffnen des Säckchens waren mir ein paar Kastanien zur Erde gefallen, aber ich hatte mich gehütet, sie aufzusammeln. Ich konnte sie sowieso nicht sehen, sie waren im Dunkel verschwunden, außerhalb des Scheins des Ewigen Lichts, das in der Ecke zu meiner Rechten brannte. Es schimmerte nur ganz schwach, und das war gut so, denn sonst hätte es meinen Blick eben das erkennen lassen, was ich nicht sehen wollte: die Holz- und Zinkstücke und das Häuflein Abfall, das ich für alles hielt, was von der Lehrerin Enrichetta Ghirardi, gestorben 1928, übriggeblieben war.

Die Kastanien machten ein trockenes Geräusch, als ich sie zwischen den Zähnen zerbiß. Ich mußte alle Geräusche fürchten, die ich machen konnte, und außerdem hatte ich den Eindruck, daß in der Geschlossenheit der Gruft sich jedes Geräusch auf verfluchte Weise verstärkte. So konzentrierte ich mich darauf, den Augen-

blick abzuwarten, den ich aus irgendeinem Grund für den sichersten hielt, schloß die Zähne energisch um die Kastanie, zerbiß sie, war dann einen Augenblick lang unentschlossen und begann schließlich zu kauen.
Während ich kaute, sah ich zu dem Spalt hinauf, den Giorgio für mich gelassen hatte, als er den großen Grabstein über mir zuschob. Ich sah einen Streifen von etwas Dunkelgrauem, was der Himmel ebenso sein konnte wie das Gewölbe des Tempelchens. Ich sagte mir, daß ich, bevor ich mich in diese Gruft hinabließ, mir den Himmel genauer hätte ansehen müssen. Das war ein Vorrat wie jeder andere auch, wie das Säckchen mit den weißen Kastanien, die Flasche Wasser, das Wachslicht und die Wolldecke, die ich mit mir hinuntergenommen hatte.
Ich erinnerte mich, wie der Himmel am Ende der Schlacht von Castino zwei Tage zuvor gewesen war. Von Castino stiegen achtzehn schwarze Rauchtürme auf, und der Himmel über dem Ort war wie der Himmel über einem großen Bahnhof.
Dann hatten Giorgio, Bob und ich uns aufs Geratewohl aufgemacht, doch um uns ganz zurückziehen zu können, hatten wir darauf gewartet, daß der Capitano die weiße Rauchrakete abfeuerte, was bedeutete: Rette sich, wer kann. Eigentlich hätten wir zu viert sein sollen, denn Leo war immer bei uns. Aber Leo hatten wir in der Obhut des Kurats von Castino zurückgelassen, als die Schlacht gerade angefangen hatte. Auf unseren Erdgraben war eben eine Mörsergranate der Deutschen niedergegangen, und während die Wolke verschwand, sah ich, wie Leo sich seiner ganzen Länge nach athletisch aufrichtete. Er hob die Arme zum Himmel, stieß einen unendlichen Schrei aus, und sein rechtes Auge glitt, wie ein Stückchen Butter, an der Höhlung seiner Wange hinunter. Was hatte Leo nur mit seinem Auge gemacht? Hatte er es im Schlamm des

Hügels von Castino zurückgelassen, oder hatte er es aufgehoben und, in ein Taschentuch gewickelt, in die Tasche gesteckt?

Die Zähne taten mir schon etwas weh, die weißen Kastanien sind zu trocken. Ich steckte die wenigen, die noch in meiner Hand waren, wieder in das Säckchen und horchte hinaus. Man hörte keine Schritte auf dem Kies des Friedhofs. Selbst wenn man welche gehört hätte, hätte ich nicht unbedingt Angst bekommen müssen, denn es hätte auch einfach nur Giorgio sein können. Giorgio hatte zu mir gesagt, bevor er wegging: »Ich, ich werde keinen Augenblick stillstehn, ich werde dauernd das ganze Tal durchstreifen, und dabei kann ich mitunter zufällig auch zum Friedhof kommen.«

Ich dachte an Giorgio, und natürlich schloß mein Gedanke auch Bob mit ein. Ich dachte gleichgültig, so gleichgültig, wie es bei mir vorher noch nie vorgekommen war, an meine Gefährten Giorgio und Bob. Es hatte dieser großen Durchkämmungsaktion im November bedurft, es war nötig gewesen, verstreut zu sein und doch zusammengehalten zu werden wie viele Staubkörner in einem Wirbelwind, nötig, bewaffnet und auf gut Glück auf die Suche nach einem Loch im Netz zu gehen, das man in allen vier Himmelsrichtungen über uns ausgeworfen hatte, um voll und ganz zu begreifen, wie ähnlich wir drei uns waren und daß wir uns absolut nicht vertragen konnten. Wir waren gemeinsam der Bewegung beigetreten, als die Leute die Partisanen noch Rebellen nannten, alle drei waren wir Studenten, wir besaßen fast die gleiche Intelligenz und das gleiche Alter. Und keiner wollte den anderen kommandieren, ihm aber auch nicht gehorchen, unter uns fiel kein Wort ins Leere, trotzdem ging nie etwas Handfestes daraus hervor. Denn wir stritten nie, gaben einander aber auch nie recht. Weil unter Partisanen alles auf einen Reinfall hinausläuft, zog es jeder von uns dreien vor, sich lieber

von irgendeinem Fremden hereinlegen zu lassen als von einem der beiden anderen. Wir gingen zusammen, doch jeder war für seinen Tod oder seine Rettung selbst und ganz allein verantwortlich.
Von Anfang an, als es darum ging, den Rückzug anzutreten, hatte Bob gefragt: »Welche Richtung schlagen wir ein?«
Das war eine idiotische Frage, von einem, der mitten in der größten Säuberungsaktion, die je über die Langhe hinweggezogen ist, den Normalen markieren will. Die Antwort gab ich, ohne jede Geduld: »Wir können ja eine Münze in die Luft werfen, und bei Kopf gehen wir nach Norden und bei Zahl nach Süden. Welche Bedeutung hat es schon, in welche Richtung wir gehen? Begreifst du nicht, daß sie die Langhe mit Gittern überzogen haben, und wir sitzen mittendrin wie die Affen im Zoo?« Inzwischen hatte ich mich in Richtung Süden aufgemacht und spürte, daß Bob mir, vor Wut kochend, folgte. Er glaubte, ein erstes Mal Dampf ablassen zu können, nachdem wir ein paar Kilometer zurückgelegt hatten, ohne auch nur einer einzigen Menschenseele, weder einem von uns noch einem von den anderen, noch einem Zivilisten begegnet zu sein oder ihn gesehen zu haben. Bob sagte zu mir: »Das hier kann nicht die richtige Richtung sein, weil nur wir allein hier langgehen.«
Und ich: »Im Gegenteil, das ist ein sicheres Zeichen dafür, daß wir in die richtige Richtung gehen. Je weniger wir sind, um so geringer ist die Gefahr. Die Gefahr wird da lauern, wo viele langgehen. Glaubst du etwa, die Deutschen lassen sich tausend entgehen, um drei Hunde wie uns einzufangen?«
Giorgio gab mir eindeutig recht, doch Bob beharrte weiter: »Und wo kommen wir hier hin?«
»Wenn wir immer unserer Nase folgen, kommen wir nach Ligurien. Und danach gehen wir zu Fuß übers Meer

nach Korsika. Und wenn's sein muß, gehen wir zu Fuß bis nach Tunesien.«
Ich hatte es witzig gemeint, um mich an Bob zu rächen. Er aber sah mich in einer Weise an, die mir zu verstehen gab, daß er kein bißchen unzufrieden wäre, wenn etwas, also die Deutschen, es mich bedauern lassen würde, einen Witz gemacht zu haben.
Dann gelangten wir zu einem Bauernhaus. Es war wie alle anderen, an denen wir vorübergekommen waren, verschlossen, dunkel und stumm, als wären alle seine Bewohner tot, lang und starr auf dem Bett ausgestreckt. Statt dessen erschien eine Frau am Eisengitter eines Fensters im Erdgeschoß und sprach leise, allerdings auch heftig zu uns herüber. Wir drei blieben auf der Straße stehen und hörten ihr zu. Sie sagte zu uns: »Seht euch das Gewehr und die Tasche auf der Tenne an. Das war ein Partisan, der hat sie dagelassen. Nicht für euch, die ihr seine Kameraden seid, sondern weil er Schiß hatte. Das ist eine schlimme und gefährliche Sache, ich weiß nicht, wo ich sie verstecken soll, ich weiß nicht mal, wie ich sie anfassen soll, ich hab Angst, daß sie losgeht. Meinen Mann und meinen Schwiegervater hab ich in einem Loch unter der Erde. Wenn die Deutschen kommen und finden das Zeug auf meiner Tenne, ist das mindeste, was sie mir antun, daß sie mir das Dach anzünden.« Dann fing sie an zu weinen, ein einfaches, ununterbrochenes Weinen wie das Fließen eines Brunnens. Ich ging auf die Tenne und holte das Gewehr und die Munitionstasche. Sofort hörte die Frau auf zu weinen und fragte mich: »Sind meine Männer unter der Erde sicher? Ich hab frischen Mist drübergehäuft, denn wenn die Polizeihunde kommen, beschnuppern sie nur den Mist, verlieren ihren Spürsinn und wittern kein Christenfleisch mehr.«
»Wer hat gesagt, daß sie auch Polizeihunde haben?«
»Alle sagen, daß sie welche haben. Sind meine Männer unter der Erde sicher?«

»Ja, sie sind da gut aufgehoben«, antwortete ich ihr und ging zur Straße zurück. Ich hängte mir das Gewehr über die linke Schulter und hielt die Munitionstasche nach vorn, um zu sehen, wer von den beiden sie tragen würde. Beide blickten zur Erde und machten keine Anstalten. Ich ging in ein Kastanienwäldchen. Giorgio und Bob dachten, ich sei dort hineingegangen, um meine Notdurft zu verrichten, statt dessen kam ich ohne Gewehr und ohne Tasche zurück. Sie sagten nichts und sahen mich gerade lange genug an, um festzustellen, daß ich diese beiden Dinge nicht mehr bei mir hatte.
Etwas später fragte Giorgio mich: »Würdest du dich in ein unterirdisches Loch verkriechen?«
Ich schüttelte den Kopf, und Giorgio sagte: »Ich auch nicht. Ich würde anfangen zu denken, daß es für sie unmöglich wäre, mich nicht zu finden, das Loch ist schlecht getarnt, einfach lächerlich, wie schlecht es getarnt ist, wenn die Deutschen kommen, bemerken sie es sofort, sie graben, stecken eine Hand ins Loch, ziehen mich an den Haaren hoch und lassen meinen Kopf gerade soviel herausgucken, wie für einen Revolverschuß nötig ist, wo ich ja sowieso schon unter der Erde bin ...«
Ich sah ihn an, er hatte die Stimme und das Gesicht von einem, der spürt, daß er allmählich erstickt, er bewegte den Kopf hin und her, als wollte er mit dem Mund einem Knebel ausweichen, der unbeweglich vor ihn hingehalten wurde, um ihm die Luft abzuschnüren. Ich sagte mir: »Mach dir gut klar, was für ein Typ dieser Giorgio ist.«
Bob redete: »Wir sind Menschen, die das Unglück haben, über Phantasie zu verfügen. Das ist kein Denken, das ist Phantasieren. Und die Phantasie haut uns in die Pfanne. In diesen Zeiten ist der der Stärkere, der weniger Phantasie hat, der überhaupt keine hat.«
Langsam lenkte ich den Blick in die Ecke, in der ich

meine Thompson abgelegt hatte. Ihre metallischen Teile schimmerten im nahen Licht in verhaltenem Reichtum, die Waffe kam mir vor wie ein sakraler Gegenstand. Ich konnte nicht umhin zu lächeln. Ich erinnerte mich an das Gewehr, das auf der Tenne der Frau weggeworfen worden war, und dachte, daß wir, wenn die Durchkämmung vorüber wäre und wir lebend zu unseren Stellungen zurückkehren würden, einander ansehen und feststellen würden, wer seine Waffe behalten hatte und wer nicht. Ich würde mit meiner Thompson um die Schulter zurückkehren, und das würde mich davon befreien zu erzählen, wie ich es angestellt hätte durchzukommen. Aber würde ich den Mund halten? Würde ich nicht stolz erzählen, daß ich mich, um nicht in die Hände der Deutschen zu fallen, nachts in eine Gruft verkrochen hätte, ein Grab auf dem Friedhof von San Benedetto, mit dem Toten drin? Das war ein Fall, den vor sich oder den anderen zu verbergen ein Akt enormen Muts war. Es war mein Fall.
Ich trank einen Schluck Wasser aus der Flasche und horchte, ohne aber das geringste Geräusch wahrzunehmen. Da blickte ich durch den Spalt zum Himmel. Seine Farbe hatte sich nicht verändert, seit ich ihn das letzte Mal betrachtet hatte, und mir wurde bewußt, daß ich bereits jedes Zeitgefühl verloren hatte. Und doch schlug der Glockenturm von San Benedetto mit Sicherheit die Stunden, den Mechanismus kümmerte es nicht, daß überall im Tal Deutsche waren, er schlug die Stunden, wenn es an der Zeit war, ich aber hatte keinen Glockenschlag gehört.
Ich sagte mir, daß ich im Grunde ganz froh gewesen wäre, ein wenig mit Giorgio durch den Spalt hindurch reden zu können. Doch dann dachte ich auch daran, daß Giorgio bis zu meinem Grab gelangen und notwendigerweise Geräusche auf dem Kies machen müßte und daß mich diese Schritte erschrecken würden, so-

lange ich nicht sicher war, daß es seine waren. Und dann dachte ich noch, daß es besser nicht dazu kommen würde, auch weil es Giorgio möglicherweise ermüdet oder erschreckt hatte, immer durch das Tal zu streifen, und er jetzt ebenfalls in die Gruft der Lehrerin Ghirardi herabklettern wollte. Und Giorgio war genau der Typ, der mich ausliefern konnte. Er war kein Feigling, ich hatte ihn schon in zwei Schlachten erlebt, in der Schlacht von Alba und in der von Castino, aber er konnte einfach nicht abwarten, ihm fehlte das, was ich die Kraft des Abwartens nenne.

Giorgio war genau der Typ, der mich ausliefern konnte, schon einmal war er drauf und dran gewesen, uns alle drei auszuliefern, kurz bevor wir ins Tal von San Benedetto kamen.

Wir gingen nach Süden, rechts von uns der Wildbach Belbo. Vielleicht waren wir müde, vielleicht auch resigniert, jedenfalls achteten wir nicht besonders auf die Umgebung. Bob war es, der mich mit dem Ellenbogen anstieß, ich sollte mich umdrehen und mit ihm schauen. Auf dem Hügelkamm zur Linken sprossen Helme wie Pilze hervor. Dann hatten sich die Deutschen in voller Gestalt gezeigt, hielten ihre Waffen aber immer noch nach unten. Sowohl sie als auch wir verharrten einen Augenblick und starrten uns an wie flüchtige Bekannte, die von einem Bürgersteig zum gegenüberliegenden den Blick schärfen und sich nicht entschließen können zu grüßen. Das war uns eher bewußt geworden als ihnen, und schon hatten wir uns auf den Bach gestürzt, bevor sie mit ihren Waffen auf uns zielten. Sie schossen zwar gerade noch rechtzeitig, trafen uns aber nicht, und wir drei tauchten mit dem Bauch in das flache, eiskalte Wasser ein. Wir wollten nicht dort bleiben, aber eine Kraft, die nicht vom Wasser kam, drückte unsere Knie auf den Grund des Bachs. So verbargen wir unsere Köpfe unter dem Gras des anderen Ufers und warteten darauf, daß die Deutschen heruntersteigen würden, um uns in unserem eingeweichten Zustand umzubringen. Wir würden unser Blut auf der Wasseroberfläche davonströmen sehen. Doch die Deutschen zogen über ihren Hügel hinweg. Mit offenem Mund hob ich den Kopf aus dem Gras. Allerdings machte ich den Mund auf der Stelle wieder zu, denn auf der Stelle sah ich und begriff. Rechts auf dem Hügel, der steil zum Wildbach abfiel, kamen weitere Deutsche. Sie gingen im Gänsemarsch, ohne stehenzubleiben, einer nach dem anderen warfen sie Handgranaten herunter. Diese trafen nah am Bachufer auf, zwischen den Farnen, in einigermaßen gleichmäßigen Abständen. Päng! Päng! näherten sie sich. Giorgio hatte das gleiche gesehen wie ich und ebenfalls begriffen; er versuchte, aus dem Wasser zu springen, aber Bob hielt ihn unten, ich half ihm, und wir drückten seinen Kopf unter Wasser. Er mußte den Mund zum Schreien geöffnet haben, denn rings um seinen Kopf blubberte das Wasser wild auf. Auch Bob und ich drückten unseren Kopf unter Wasser, wir lagen lang ausgestreckt auf dem Grund des Bachs, spürten aber, daß unser Gesäß herausschaute.

Von den beiden für uns bestimmten Granaten schlug die eine zu weit oberhalb und die andere zu weit unterhalb ein.

Und genau den gleichen Streich hätte mir Giorgio gespielt, wenn er die Deutschen auf den Friedhof hätte kommen und zwischen den Gräbern herumstreifen hören. Und trotzdem verhielt sich Giorgio nach der Geschichte am Bach uns gegenüber genauso wie vorher, als wäre nichts passiert, als könnten Bob und ich nicht herausplatzen und sagen: »Um ein Haar hättest du es fertiggebracht, daß sie uns totschlagen.«

Dann, als wir ins Dorf von San Benedetto kamen, wurde uns klar, daß es Sonntag war, denn die Leute kamen von der Abendandacht zurück. Es waren ausschließlich Frauen, ihre Männer steckten vermutlich in Erdlöchern, und sie sahen uns an, während wir am Dorfeingang standen, und schlugen gleich die Augen nieder, so, als wären wir drei eine unzüchtige Erscheinung.

Wir gingen durch das kleine Dorf, durch die leeren, vom Pflaster widerhallenden Straßen, und die Frauen spionierten uns nach, durch die Türschlitze, im Schutz der Fensterkanten. Immer wieder drehten wir uns jäh um, um sie zu erwischen, doch die Blicke verschwanden wie die Reflexe eines kleinen Spiegels, der rasch aus den Sonnenstrahlen gezogen wird. Dann waren wir aus dem Dorf und sozusagen im Spazierengehen bis zum Wildbach und zum Waldrand gelangt. Die Frauen waren allmählich hervorgekommen, als wir das Dorf verließen; sie waren überzeugt, daß wir nun der Ruin eines anderen Dorfes sein würden, und ihnen war mit Sicherheit das Herz stehengeblieben, als sie uns zurückkommen sahen.

Die erste Frau, die wir dabei überraschten, wie sie uns nachspionierte und sich nicht schnell genug zurückziehen konnte, baten wir um Essen. Im Gesicht sah sie aus wie ein Frosch, sie war häßlich, und zwar von einer Häßlichkeit, die man haßt, sie gab uns Brot und fetten Speck an der Tür, so wie man es Bettlern hinreicht. Wir aßen auf den Stufen sitzend, und hinter uns stand die Frau und beobachtete, was wir sonst noch machten. Bob drehte sich zu ihr um und sah sie an, um ihr, wenn möglich, ein bißchen Mitleid mit uns einzuflößen. Sie aber starrte uns ungerührt an, sie hatte mit Sicherheit kein Mitleid mit uns, sie dachte gewiß, daß die Schuld an dem, was geschah, zur Hälfte uns zuzuschreiben war. Aus Bosheit setzten wir uns auf die oberste Stufe, mit einer Miene, als würden wir dort so lange verweilen wollen, wie es uns paßte. Angst blitzte in den Augen der Frau auf. Sie ging ins

Haus zurück, und ihre Tür fiel hinter uns energisch ins Schloß.
Giorgio nahm das Brot aus dem Mund und sagte: »Wir sind keine Partisanen mehr, wir sind keine Freiheitskämpfer mehr, wir sind Bettler, die denen Angst einjagen, die sich Angst einjagen lassen.«
Mich interessierte es nicht, was wir waren, während ich aß, maß ich mit meinem Blick Stück um Stück das Tal von San Benedetto ab und sagte schließlich: »Na ja, das hier scheint mir ein sicherer Platz zu sein.«
Bob sagte verächtlich: »Sicher, weil es der Platz ist, wo wir sind? Ich spüre, daß nicht weit von hier ein deutscher Offizier steht, der auf der topographischen Karte sich ausgerechnet das Tal von San Benedetto ansieht.«
Ich schaute Giorgio an. Mit den Zähnen hielt er die Unterlippe fest, seine Augen waren starr nach vorne gerichtet, und sein Blick wirkte abwesend. Ich dachte nicht einmal daran, ihn zu schütteln, von dem Giorgio, den ich zuletzt kennengelernt hatte, durfte man sich keine Idee erwarten. Und außerdem, so schien mir, konnten auch Ideen nichts mehr zählen.
Doch Giorgio ließ seine Lippe los, er räusperte sich, und mit dem ausgestreckten Finger über die Hügel fahrend, die das Tal von San Benedetto einschließen, sagte er: »Wenn die Deutschen kommen und sich da oben ringsum aufstellen und dann geordnet herunterkommen, wie es ihre Art ist, dann kann man nur noch krepieren.«
Ich sagte: »Wenn wir das Tal von San Benedetto verlassen, kann das, was du sagst, im nächsten Tal passieren, in das wir kommen. Die Langhe sind nun mal so. Die Deutschen sind nun mal so.«
Giorgio schüttelte den Kopf: »Ich setze ja nur den Fall. Wenn die Deutschen tun, was ich gesagt habe, sind wir erledigt. Dann müßte sich die Erde auftun. Aber die Erde tut sich nicht auf.«

Blitzartig blickte ich zum Friedhof von San Benedetto hinüber, sagte aber nichts. Vielleicht nur deshalb, weil es mir noch zu früh vorkam.
Inzwischen war der Abend hereingebrochen, schnell und dunkel wie im November. Im Dorf hatte man kein einziges Licht angezündet, als wollten sie durch das Nichtanzünden von Lichtern und das Leben im Dunkeln glauben machen, daß weder sie noch ihr Dorf auf dem Antlitz der Erde existierten. Dafür bellten die Wachhunde an den Hängen der Hügel um so mehr. Ein ungeheuer starker und hoher Wind war aufgekommen, ein für diese Gegenden typischer Wind, der dazu zwingt, die Hausdächer mit Steinen zu beschweren. Er machte ein gewaltiges Geräusch, wie ein Fluß.
Dieses Geräusch des Windes war der Grund, weshalb wir das andere Geräusch nicht bemerkten, und nur der Ruf des Lichts machte uns klar, daß die deutschen Lastwagen auf dem Hügel rechts angekommen und in Kolonnen stehengeblieben waren. Die roten Rücklichter eines jeden Lastwagens schimmerten in den weißen Lichtbündeln der Scheinwerfer des nachfolgenden Lastwagens.
Wir drei standen auf und blickten hinüber. Dann sagte Giorgio, leise, als hätte er Angst, daß die Deutschen da oben ihn hören könnten: »Sie machen nur Rast. Sie müssen auf dem Weg nach Murazzano oder Ceva sein. So eine Kolonne wäre für San Benedetto einfach zuviel.«
Ich sagte nichts, ich zählte nur die roten Rücklichter.
Dann mußten wir uns umdrehen und auf den Hügel links hinaufblicken, von wo Licht und Geräusch kamen. Eine Lastwagenkolonne, so lang wie die erste, zog sich auf der Straße hin und kam zum Halten.
Von beiden Seiten tauchten für einen Augenblick Soldatengestalten im Scheinwerferlicht auf und verschwanden gleich darauf wieder im Dunkel. Starke Scheinwer-

ferlampen in den Händen unsichtbarer Männer begannen, den Waldrand des Abhangs abzusuchen.
Eine Art rote Kugel zerplatzte plötzlich am Himmel: Es war eine einfache Rakete, das Signal eines Deutschen an andere Deutsche, daß bis dahin alles ordnungsgemäß verlaufen war, doch uns dreien kam es vor, als hätten wir Jupiters Waage dort hängen sehen.
Wir gingen auf den kleinen Kirchplatz, vor, neben und hinter uns wurden die Fenster zugeschlagen, so schroff wie Gewehrschüsse. Vor der Kirche blieben wir stehen, ich vor Bob und Giorgio, und starrten uns an, als hätten wir schnell noch etwas Sterbenswichtiges unter uns dreien zu erledigen. Doch wir konnten uns nicht entschließen zu reden, bis eine Katze schnell an uns vorbeistrich und mit ihren blau phosphoreszierenden Augen zu uns hochblickte.
Und Giorgio sagte: »Ich wäre gern diese Katze.«
Ich sagte: »Was hast du gesagt, Giorgio, bevor der Abend kam? Die Erde müßte sich auftun, hast du das nicht gesagt? Gut, dann denk doch mal an den Friedhof. Da wird es bestimmt eine Grabkammer geben. Wir steigen da hinunter, vielleicht können wir uns ja so retten.«
Bob sagte: »Du bist verrückt! Suchen wir uns doch keine unmöglichen Dinge. Ich geh zum Pfarrer und laß mich in seinem Haus verstecken. Immerhin ist er Priester und kann sich nicht weigern.«
»Und was, wenn er dich nicht hereinläßt?«
»Er wird mich hereinlassen.«
»Du wirst doch nicht zum Verbrecher werden, Bob, weil du bewaffnet bist und er nicht?«
»Ich tu ihm nichts, denk das nicht. Aber ich trete in sein Haus, und er wird mich verstecken. In jedem Haus gibt es mindestens ein Versteck, das sich niemand hätte träumen lassen.«
Ich sagte zu Bob: »Ich brauche jemanden, der mit mir zum Friedhof kommt und das Grab verschließt, wenn

ich drinnen bin. Wenn Giorgio und ich reingehen, dann kannst nur du, Bob, uns diesen Dienst erweisen. Für dich ist es doch gleich, ob du eine halbe Stunde früher oder später zum Pfarrer gehst. Schließlich ist es unwahrscheinlich, daß die Deutschen sich nachts bewegen.«

Bob schüttelte im Dunkeln den Kopf, da trat Giorgio zwischen ihn und mich, packte mich am Arm und sagte zu mir: »Komm, wir beide machen das schon. Ciao, Bob, bis dann.«

So hatten wir uns von Bob getrennt, in einer Weise, bei der wir, sollten wir uns lebend wiedersehen, nur schwer wieder Freunde hätten werden können.

Ich dachte an das, was ich wohl unten in einem Grab nötig hätte. Ich ging auf ein Haus zu, das im Erdgeschoß nur ein Fenster mit Gitterstäben hatte. Ich drückte mein Gesicht an die Stäbe und flüsterte, als ich, eine Handbreit von meinem entfernt, ein anderes Gesicht sah. Es war eine alte Frau, ganz weiß im Gesicht, und ihre Lippen bewegten sich, als würden sie den Rosenkranz hersagen.

»Signora, gibt es auf Eurem Friedhof ein Grab, eine Gruft mit einem Stein, den man hochheben und wieder drauflegen kann?«

Sie antwortete: »Ich hab große Angst«, und bewegte weiter ihre Lippen.

»Bitte, Signora!«

»Da ist das Ghirardi-Grab. Es ist das schönste von allen und genau das, was Ihr sucht. In der rechten Ecke hinten.«

»Und wann ist der gestorben, der darin liegt?«

»Es ist die Lehrerin Enrichetta Ghirardi. Sie ist 28 gestorben.«

»Könnt Ihr mir etwas zu essen und zu trinken geben und auch eine Decke?«

Die Alte kehrte mir den Rücken zu; als sie wegging,

machte sie viel Lärm, so, als würde der Fußboden unter ihren Füßen wanken.
Ich wartete eine Zeitlang und sagte mir dann: »Addio. Sie ist gegangen und kommt nicht mehr zurück. Ich hätte sie nicht gehen lassen dürfen. Ich hätte ihr meine Pistole zeigen sollen. Bob hätte das gemacht.«
Ich hörte, wie ein Riegel zurückgeschoben wurde und die Tür neben dem Fenster aufging. Ich blickte nicht höher als bis zum Arm, der mir ein Säckchen hinhielt. Ich befühlte es, begriff, daß es weiße Kastanien enthielt, und reichte es an Giorgio weiter. Dann erhielt ich eine große Flasche mit Wasser und eine Decke. Die Stimme der Frau sagte: »Die Decke ...«
»Ich weiß, daß sie wertvoll ist. Ich hoffe, ich kann sie Euch zurückbringen.«
Die Frau sah uns einen Augenblick lang an, dann legte sie die Hände zusammen, schüttelte sie und sagte: »Und meinen Sohn, der in Rußland ist!«
Ich breitete die Arme aus wie eine Christusfigur und sagte: »Seid dankbar, daß er in Rußland ist. Seht Ihr uns denn nicht, die wir zu Hause sind?«
Sie sah uns, senkte den Kopf auf die Brust und begann so heftig zu weinen, daß Giorgio und ich aus Angst vor dem Lärm davonliefen.
Bevor wir zum Friedhof kamen, blickten wir auf die beiden Hügel hinüber. Die Scheinwerfer der Lastwagen waren noch immer eingeschaltet, die roten Rücklichter leuchteten noch immer, und das Herumirren der Scheinwerferlampen an den Hängen der Hügel ging weiter.
Wir kletterten über das kleine Tor, und ich ging geradewegs auf den Punkt zu, wo ein Ewiges Licht brannte. Ich nahm es von einem steinernen Kreuz ab und trug es vor mir her wie einen Kerzenleuchter.
Hinter mir sagte Giorgio: »Paß auf das Licht auf. Sie sehen dich, das Mäuerchen ist niedrig, beug dich runter oder bedeck das Licht mit der Hand.«

Da war das Ghirardi-Grab. Ich trat zwischen zwei Säulen unter das Gewölbe und stellte das Licht neben die gemauerte Grabplatte.

GHIRARDI ENRICHETTA
1862–1928
R. I. P.

Jetzt schlug mein Herz viel schneller als in dem Augenblick, als wir die deutschen Lastwagen gesehen hatten. Mit dem Fuß tastete ich den Stein ab, bis ich gegen einen eisernen Ring stieß.
»Hier müssen wir anpacken und ziehen«, sagte ich zu mir und Giorgio, und stellte das Licht an den Fuß einer kleinen Säule.
Wir zogen und zogen, und an einer Seite begann sich ein Loch zu öffnen, ein kleines schwarzes Dreieck. Ich spürte, daß Giorgio seinen Griff lockerte und die Hand vom Ring wegzog, auch ich ließ den Griff los, und der Stein fiel mit einem Lärm herunter, der uns furchtbar vorkam. Wir blickten starr auf das kleine schwarze Dreieck, ich konnte das schwache Klagen hören, das die Knorpel in Giorgios Nase von sich gaben, wenn er atmete.
Ich sagte: »Sind wir eigentlich verrückt, Giorgio? Sind wir verrückt, einen solchen Lärm zu machen?«
Ich legte ihm eine Hand auf die Schulter und drückte sie ihm. Ich sagte zu ihm: »Was meinst du? Ein Akt wider die Natur? Erinnere dich an das, was du gesagt hast. Wenn die Erde sich auftäte …« Ich ließ seine Schulter los, machte einen Schritt nach vorne und beugte mich über dieses Loch. »Riech du auch mal«, sagte ich dann zu ihm, »da kommt kein Geruch raus.«
Wir packten den Ring wieder und zogen noch einmal. Als das Loch mir groß genug vorkam, sagte ich, daß es jetzt reichen würde, legte den Ring wieder nach unten

und hielt ihn bis zum Auflegen, damit er nicht aufschlug und keinen Lärm mehr machte.
Giorgio war im Begriff, das Licht in die Leere zu senken, doch ich hielt ihn mit einer Hand zurück und sagte: »Das nützt nichts, das nützt überhaupt nichts. Wir werden später nachsehen. Jetzt müssen wir runtersteigen. Ich zuerst.«
Ich ließ mich hinunter, berührte mit der Brust schon den Rand. Ich hatte Angst, mich fallen zu lassen, den Grund mit meinen Füßen zu berühren, ich hatte auch Angst, daß kein Grund dasein könnte. Aber meine Finger hielten mich nicht mehr, schon vorher taten sie mir weh, weil ich den rostigen Ring fest in die Hand genommen hatte, und ich ließ mich runterfallen.
Mit einem dumpfen Schlag berührte ich den Boden. In diesem Klangschwall blieb ich unbeweglich stehen, den Kopf zwischen die Schulterblätter geklemmt, und es war, als stünde ein Deutscher hinter mir, der seinen Revolver in meinen Nacken gesetzt hätte. Ich schrie zu Giorgio hinauf und streckte eine Hand nach oben zur Öffnung. Doch dann sagte ich: »Ist nichts weiter, Giorgio, ist nichts weiter! Gib mir gleich das Licht.«
Mit dem Licht in der Hand, doch mit geschlossenen Augen, denn ich wollte nichts von diesem Ort sehen, machte ich ein paar Schritte. Ich tastete mit den Füßen den Boden ab, ohne auf irgend etwas zu stoßen. Oben mußte Giorgio das Schlurfen meiner Füße gehört haben, und ich sagte zu ihm: »Ganz gewöhnliche Erde, Giorgio, ganz gewöhnliche Erde.«
Am Ende stieß ich mit dem Fuß gegen eine Mauer, genau in einer Ecke. Dort stellte ich das Licht ab.
Ich hatte keine Angst mehr, mein Kopf war nur mit physiologischen Problemen beschäftigt, ich fragte mich vor allem, wie weit die Auflösung des Körpers einer Frau sein mochte, die vor sechzehn Jahren gestorben war.

Dann reichte Giorgio mir das Säckchen, die Wasserflasche und die Decke herunter. Schließlich sagte ich: »Wird schwer sein von hier unten, den Stein wieder zurechtzurücken. Bob hat sich uns beiden gegenüber feige verhalten.«
»Mach dir keine Sorgen um den Stein. Das schaff ich schon alleine.«
»Was meinst du damit, Giorgio?«
Er klemmte seinen Kopf fest zwischen die Hände und sagte verzweifelt: »Ich kann nicht, es ist stärker als ich, es ist etwas Physisches!«
»Sprich nicht von so weit oben, beug dich über das Loch, damit ich dich gut verstehen kann.«
Giorgio zögerte, dann kniete er sich auf den Rand und sagte: »Mir blutet das Herz, dich allein da drin zu lassen. Ich bin feige dir gegenüber, wie Bob und schlimmer noch als Bob, aber ich kann nicht. Es ist irgend etwas Körperliches, ich würde da drinnen sterben, auch mit dir in der Nähe.«
»Sprich nicht für mich, Giorgio, sprich für dich. Wenn du nicht hier herunterkommst, wo willst du dann hin? Hast du etwa die Deutschen vergessen? Was willst du da draußen anfangen?«
»Ich werde durchs Tal streifen, was soll ich sonst tun?«
»Von uns dreien bist du derjenige, der den schlimmsten Weg einschlägt. Ich mach mir keine großen Illusionen, was mich oder Bob anbelangt, aber ich weiß schon jetzt, daß du ein toter Mann bist, wenn du hier rausgehst und durch das Tal streifst.«
Giorgio bekam eine Stimme wie ein hysterisches Mädchen und sagte laut: »Ich will in der freien Luft krepieren, auf der Erde. Danach geh ich unter die Erde, aber dann macht es meinem Körper nichts mehr aus.«
»Du schaffst es nicht herumzustreifen. Du bist wie ein Kalb, das von ganz allein den Weg zum Schlachthaus einschlägt. Komm herunter zu mir.«

Gegen den Himmel sah ich, wie Giorgio abwehrend den Kopf schüttelte. Da sagte ich zu ihm: »Nimm meine Pistole.«
»Nein, danke, ich werde nicht einmal meine Waffen benutzen.«
Langsam und leise sagte ich: »Giorgio, was machst du, was machst du?«, als sähe ich ihn, an Händen und Füßen gefesselt und zwischen Entsetzen und Staunen, sich vor meinen Augen mit langsamen Bewegungen umbringen.
Er stand wieder auf, ich hörte deutlich, wie seine Knie beim Aufstehen knackten. Er sagte zu mir: »Ich laß dir einen Spalt offen. Sag mir dann, ob du gut Luft bekommst.«
Giorgio stöhnte, als er den Stein wieder zurechtrückte. Ich hatte mich unter die Öffnung begeben und fühlte, wie Giorgios Hand, die eine Ecke der Grabplatte gepackt hatte, über meine Haare streifte. Ich streckte meine Hand aus, um sie zu berühren, tat es dann aber doch nicht.
Ruckweise wurde der Stein zurechtgerückt, das Loch war wenig mehr als ein Spalt, zweimal mußte Giorgio es verkleinern, weil ich ihm zweimal sagte: »Noch enger, noch enger, sie merken es und sehen mich.«
Am Ende sagte ich: »So ist's gut, Giorgio. Ich bekomm genügend Luft.«
Er sagte mir rasch: »Ich werde keinen Augenblick stillstehen, ich werde dauernd das gesamte Tal durchstreifen, und dabei kann ich mitunter zufällig auch zum Friedhof kommen. Das sag ich dir, weil, wenn du Schritte hörst, es auch bloß meine sein können.«
Und war weggelaufen und ließ mich alleine zurück, wo ich war.

Ich konnte einfach nicht mehr sitzen, meine Gesäßbacken waren längst gefühllos geworden, aber mich auf

dem Boden auszustrecken stieß mich ab. Um wieder Gefühl in mein Fleisch zu bringen, um mein Blut zu ermutigen, mit dem Fließen nicht innezuhalten, fing ich an, meinen Rücken rhythmisch an der Wand zu reiben. Jetzt begann ich, mich auch vor dem Atmen zu ekeln, es kam mir vor, als würde ich andere Substanzen durch meine Nasenlöcher aufnehmen als Luft. Und die Zähne taten mir weh, ich fühlte sie locker im Zahnfleisch, ich sagte mir, daß es wegen der vielen harten weißen Kastanien war, die ich zerbissen und zerkaut hatte, und trotzdem war die Vorstellung in mir stärker, daß es sich um körperlichen Verfall handelte, um einsetzende Verwesung.
Ich hatte Durst und griff nach der Flasche, aber ich berührte den Rand nicht mit den Lippen, weil ich das Gefühl hatte, daß er mit der gleichen Substanz überzogen war, derentwegen mich das Einatmen der Luft anwiderte, etwas wie die Membrane eines Fledermausflügels. Ich hielt die Flasche hoch, kippte sie langsam mit zittriger Hand und schüttete mir das Wasser aus dem gläsernen Flaschenhals eine Handbreit entfernt in meinen Mund. Ich machte mir die ganze Brust naß, und das wenige Wasser, das in meinen Mund gelangte, spuckte ich auf der Stelle und mit aller Macht wieder aus. Der Strahl schoß bis in die Mitte der Gruft und klatschte dunkel auf. Ich setzte die Flasche mit einem dumpfen Schlag ab. Jetzt machte ich also Geräusche, was ich absolut nicht durfte, und einmal angefangen, wer weiß, wann ich damit aufhören würde. Es war der Beginn meines Wahnsinns, meines Untergangs. Ich nahm eine Hand in die andere und hielt sie mit Mühe lange Zeit so gefangen, um kein weiteres Geräusch zu machen, um nichts mehr anzurühren.
Ich drehte mich nach dem Licht in der Ecke um, vor meinen matten Augen flackerte die Flamme wie eine Feder, die immer wieder über meinen Hals strich und

einen todbringenden Brechreiz in mir hervorrief. Wenn ich dieses Licht weiter ansehen würde, müßte ich in wenigen Augenblicken erbrechen, Erbrochenes aus zerkauten weißen Kastanien, ein schweinemäßiges Erbrechen.

Ich drehte den Kopf auf die dem Licht abgewandte Seite und sagte mir: »Das ist nicht der Körper, der Körper ist nicht krank, es ist deine Vorstellung, die sich dem Körper aufzwingt, die ihn krank macht.« Ich rief meinen Namen, ich rief mich zur Gegenwehr auf. Doch das gab mir keine Kraft, ließ mich nicht reagieren, war nur eine Art, mich selbst zu bemitleiden.

Da beschloß ich, mich zum Sterben hinzulegen. Ich rutschte mit dem Rücken an der Wand hinunter und legte mich der Länge nach auf die Erde. Ein letztes Mal starrte ich im Lichtschein der Flamme auf meine aufgerichteten, auseinandergestellten Füße.

Doch kaum hatte ich mit dem Rücken die Erde berührt, schoß ich wieder hoch und setzte mich hin. Wie wahnsinnig geworden, hatte ich nach dem Licht gegriffen und es an meinen Armen, meinen Beinen, meiner Brust und meinen Hüften entlanggeführt. Ich meinte, Würmer wären in sie eingedrungen und andere Würmer würden mich von allen Seiten angreifen. Würmer lösten sich von der oberen Wand und fielen auf meinen Kopf, ich spürte, wie sie sich in meine langen Haare einschlichen und dann wie Flöhe bewegten. Im Licht sah ich nichts, auch auf der Haut und auf dem Stoff nichts, dennoch sahen meine Augen Würmer, die Würmer waren in meinen Augen.

Ich schrie: »Gnade! Gnade! Gnade, Lehrerin Ghirardi!« Noch nie hatte ich so laut geschrien, das Volumen meiner Stimme hatte mich erschreckt. Dann erschreckte mich die Stille, die auf den Absturz meines Schreis folgte. Ich hatte die Tote gerufen, sicher würde sie kommen, meine Augen stellten sich darauf ein, sie zu sehen, schon stand vor oder in ihnen ein großer weißer Fleck. Ich konnte die Tote nicht kommen lassen, ich mußte sie aufhalten, ich griff zur Thompson und feuerte Schüsse nach links und rechts ab, von oben nach unten, ein Kreuz aus Schüssen.

Draußen hallte eine Detonation wider, allerdings fern. Blitzartig dachte ich, daß nur eine deutsche Wache diesen Knall habe verursachen können. Ich zitterte wie unter einem unerwartet eisigen Wassersturz und hatte nicht mehr den großen weißen Fleck vor Augen.

Gleich darauf meinte ich, ein Knacken auf dem Kies zu hören, und »Giorgio!« rufend, stand ich auf, stürzte zu dem Spalt und schrie: »Giorgio, komm, wenn du es bist!«

Niemand war auf dem Friedhof. Meine Ohren brummten, und eine Ader an meinen Schläfen hämmerte stärker als mein Herz.

»Sie haben mich gehört, sie haben die Schüsse gehört, die ich abgefeuert habe. Zu dieser Stunde haben sie sich schon in Bewegung gesetzt. Jagd auf den Maulwurf.«

Ich konnte nicht auf die Deutschen warten, wo ich war, mit meinem Schädel am Spalt. Ein letztes Mal betrachtete ich den Himmel, sein Schwarz war bereits von Helle durchzogen, dann setzte ich mich wieder an die Wand. Ich stellte das Licht zwischen meine Beine und schloß fest die Augen. Ich wollte nichts mehr sehen, ich hätte auch taub werden mögen, um nichts mehr zu hören, jetzt, wo mein ganzes Leben nur noch in der Wahrnehmung von Geräuschen bestand.

Sie würden zu dem Stein kommen, ohne Zögern, als würden sie das Ziel von Anfang an kennen. Ich würde sehen, wie der Spalt sich vergrößert, sich vergrößert, und dann würde ein deutscher Soldat dort erscheinen, und ihm voraus ginge der Lauf seiner Waffe. Er würde auf mich zielen und mir dabei in perfektem Italienisch sagen: »Du bist ja schon untergebracht, du hast ja schon dein Grab, du Glücklicher. Nur laß dich besser ansehen, damit ich richtig auf dich zielen kann, ich will nicht, daß du leidest.«

Nein, ich würde nicht so lange warten, ich war so, wie ich es von Giorgio sagte, wie hatte ich mir einreden können, daß ich die Kraft des Abwartens besaß? Ich hätte den Atem angehalten, bis ich gesehen hätte, daß der Stein sich bewegt, und dann hätte ich geschrien: »Ja, da bin ich, hier unten, macht nur schnell!«

Ich erinnerte mich, daß ich als Junge jeden Sommerabend mit den anderen Jungen der Piazza Verstecken spielte. Wenn meine Mannschaft mit dem Verstecken an der Reihe war, versteckte ich mich in irgendeiner dunklen Ecke, und dort wartete ich darauf, daß mein Mannschaftsführer den anderen das Signal gab, uns zu suchen. Schon damals verkrampfte ich mich schmerzhaft und hielt den Atem so lange an, bis die Brust mir weh tat, dann atmete ich wieder, aber nur so viel, wie ich zum Weiterleben brauchte. Ich sah, wie die Suchenden mit vorgestreckten Armen an mir vorübergingen, und hatte Angst, daß meine Augen zu sehr leuchten könnten. Denn ihre leuchteten. Dann schöpfte einer der Suchenden Verdacht, blieb vor mir stehen und streckte seinen Kopf und seine Arme zu mir hin. Es gab immer noch die Möglichkeit, daß er dachte, er habe sich getäuscht, und weggehen würde, doch ich war bereits kopflos geworden und rief ihn beim Namen, stürzte nach vorn und ergab mich. Trotzdem zitterte ich am ganzen Leib, und wenn der Gegner die Hand hob, um sie auf meine Schulter zu senken, und mich damit zu seinem Gefangenen machte, brachte diese Bewegung mein Blut zum Stocken.

Diese Erinnerung fiel auf mich nieder wie eine unabwendbare Verurteilung. Ich konnte mich nicht selbst belügen, ich hatte mich nicht geändert, mit zwanzig, im

Krieg gegen die Schwarzhemden und die Deutschen, hatte ich dasselbe Herz wie mit acht, als ich Verstecken spielte. Nein, so lange hätte ich nicht gewartet, ich hätte vorher geschrien, bevor sie ihre Hand an den Ring legten. Mehr noch, hätte ich allein den Stein verschieben können, wäre ich hinausgeklettert und ihnen entgegengegangen.
Ich wünschte, jemand hinter mir würde mir einen schweren Schlag in den Nacken geben, der mich ohnmächtig, leblos niederstreckte. Danach wäre alles nur noch eine Frage des Aufwachens. Und wenn ich nicht mehr aufwachen würde, wäre alles zu Ende, auch der Wahnsinn und der Schmerz.
Wie konnte ich einschlafen, wo meine Angst so viel größer war? Vielleicht empfindet unser Körper zuweilen Erbarmen mit unserer Seele.
Irgendwann träumte ich, daß man mich ins Gefängnis gesteckt, daß man mich in eine ganz aus Granit bestehende Zelle eingesperrt hatte. Es war Nacht, und ich war wach und starrte im Liegen an die Decke, und da wurden die Wände auf einmal enger und die Decke niedriger, ganz leise, als würden sie auf Wachs gleiten. Sie verschluckten allmählich den kleinen Raum, und jetzt hatte ich den ganzen Granit auf dem Bauch, auf der Brust, jetzt berührte er meinen Mund und meine Stirn.
Im Schlaf bog ich die Arme, um diese mörderische Todeslast wegzuschieben, ich drückte winselnd und wachte mit in die Luft gestreckten Beinen auf. Ich stellte mir nicht die Frage, ob das ein Traum oder etwas anderes war, ich dachte nur, daß ich atmen mußte, und lief zu dem Spalt.
Der Himmel war von sanftem Grau, es mußte der Ausklang eines schönen Tages sein.
Der Kies knackte. Aber das war nicht das Geräusch eines Schritts, sondern das, das Füße machen, wenn

sie die Bewegung der Augen von jemandem begleiten, der um sich blickt. Dann stellte sich ein Fuß vorsichtig auf den Grabstein. Ich sah das Bein, es war keine Militärhose, die es bedeckte. Weiter oben sah ich ein graues Hemd und ein schwarzes Oberteil und noch weiter oben zwei Augen eines alten sprachlosen Mannes. Diese Augen starrten durch den Spalt in meine, ein Angstblitz schoß vorüber, ich begriff, daß dieser Alte im nächsten Augenblick wie ein Verrückter weglaufen würde. Da rief ich: »Ich bin Partisan! Italiener! Sind die Deutschen abgehauen? Haben sie irgendwelches Leid zugefügt? Habt Ihr zwei Partisanen gesehen? Wer seid Ihr? Seid Ihr der Totengräber? Was für ein Tag ist heute? Wie spät ist es?«

Er antwortete nicht, aber sein Bein blieb da stehen, wo es stand. Dann sah ich, wie er sich herunterbeugte und eine Hand durch den Spalt steckte, die Platte packte und zog. Ich half ihm mit fiebriger Kraft, während ich die Spucke hinunterschluckte, die mir in Strahlen in den Mund schoß.

Als die Öffnung groß genug war, machte ich einen Satz nach oben, klammerte mich mit den Händen am Rand fest und hob mich bis zum Gürtel heraus. Für einen Augenblick blieb ich so auf die Arme gestützt und drehte langsam den Kopf, um mir von allen Seiten den leichten Wind über die Haut streichen zu lassen.

Zuerst blickte ich hinauf zu den Straßen auf den beiden Hügelkämmen. Sie waren menschenleer, nur Schleier weißen Staubs, die die Luft aufgewirbelt hatte, flogen dahin.

Ich blickte weiter nach unten: Jenseits des offenstehenden kleinen Tors entfernte sich ächzend ein Karren auf der kleinen Friedhofsstraße. Auf ihm saß ein Mann, ganz Jacke und Hut, wie eine Vogelscheuche von hinten gesehen, und schwenkte ein langes Rohr über dem Rücken des Ochsens, ohne ihn jedoch zu berühren.

Auf dem Kies vor dem Tor standen zwei Särge, von der hellen Färbung frisch geschlagenen Holzes.
Jede Kraft versagte mir, die Handgelenke trugen mich nicht mehr, doch der Totengräber hielt mich noch rechtzeitig an den Schultern fest.
Ich ging über den Kies auf die beiden Särge zu, der Totengräber folgte dicht hinter mir und sagte sicher auch etwas, aber seine Worte lösten sich auf, bevor sie in meine Ohren drangen.
Ich blieb zwischen den beiden Särgen stehen. Ich maß sie mit den Augen ab und sagte mir, daß dies hier Giorgio und das da Bob war. Ich sagte es laut. Ich kniete nieder, legte eine Hand auf Giorgios Sarg und die andere auf Bobs Sarg und blickte über das kleine Tor hinaus, bis zum Ende des Tals von San Benedetto.

Das Geschäft mit der Seele

Um sieben hatte der Alte zu Abend gegessen und ging auf seinen blumenlosen Balkon.

Vor sich hatte er ein Schauspiel von Nebeln: Nebel wie Wattebällchen, die die Täler zwischen den Hügeln füllten, Nebel, der eben die wenigen rötlichen Lichter von Ca' di Cora und Cadilù verschluckte, und der Hochnebel, der schließlich den harten Umriß der Langa von Mombarcaro wegwischte.

Vom Ufer des Belbo stieg, den Nebel durchbohrend, das Zirpen der Grillen herauf, unzählige Stimmen, doch so synchron, daß es einem vorkam, als würde eine einzige Grille es hervorbringen, ein Ungetüm von Grille, verborgen zwischen den unteren Säumen des Nebels.

Wiewohl über all dieses Genebel verärgert, harrte der Alte schon seit einer halben Stunde auf dem Balkon aus, als das geschah, was ihn von dort vertrieb: Zum letzten Mal waren die Nachtfalter vom Fluß heraufgekommen, zu Tausenden, und flatterten um die Laterne der Osteria della Francese, unter der die jungen Gäste wenig später ein Feuer entfacht hatten, und bald schon hatten die Flammen all diese verzweifelten Tänzerinnen zur Erde herabgesogen. Jetzt war die Luft vergiftet von einem Gemisch aus Nässe und Verbranntem, das bis zum Balkon hochstieg und den Alten nervös machte. Der beschloß, wieder in die Wohnung zurückzugehen, obwohl es vom Campanile noch nicht acht geschlagen hatte, seine festgelegte Stunde fürs Bett.

Er stand von seinem Stuhl auf, mit der Langsamkeit und Vorsicht eines Fünfundsiebzigjährigen, der sich bewußt ist, dem kleinsten Unfall ausgeliefert zu sein. Sich mit beiden Händen an der Lehne festhaltend, betrachtete er ein letztes Mal den Himmel, doch dabei hatte er eine Vision, die in seinem langen Leben ohnegleichen war und die er nicht mehr erwartet hätte. Er sah sich selbst, sich, Davide Manera, wie er, inmitten dieser Nebelschwaden, pfeilgleich in den Himmel flog, und er war völlig nackt, so daß man noch von der Erde aus sehen konnte, wie er zitterte und litt. Und er fühlte in sich einen großen Schmerz, unvergleichlich größer als der, den er verspürt hätte, wenn er sich auf dem Markt gesehen hätte, an einem Dezembermorgen, mit nichts als einem Hemd am Leib, inmitten vieler anderer Menschen, die dagegen gut gekleidet und in Sicherheit waren.

Er war so beeindruckt und erstaunt, daß er zu fluchen anfing, den ungeheuerlichsten Fluch, doch setzte er nicht noch eins drauf, wie er es gerne getan hätte, denn nachdem er den ersten losgelassen hatte, fühlte er, daß er nicht ins Leere gegangen war und an irgendeinem Ort zur Kenntnis genommen wurde. Vorher nie: da fluchte er einfach, um Dampf abzulassen und weil es eine schlechte Angewohnheit war, aber nie hätte er sich vorgestellt, daß der Fluch seinen Bestimmungsort erreichen würde wie ein Brief. Das Laster des Fluchens hatte ihm sein Vater mitgegeben, sein Vater, der vor einem halben Jahrhundert gestorben war und nach jedem fünften Wort eine Verwünschung hatte einfließen lassen. Sein Vater aber war gläubig; er nannte Ihn

unveränderlich den Allerhöchsten, und wenn er sich, im guten wie im schlechten, an Ihn wandte, hob er kaum die Augen, so als würden Seine Füße seinen Kopf streifen, wie ein Erhängter.
Seine Gedanken machten einen Sprung und wanderten zu seiner Mutter. »Wo mag meine Mutter jetzt sein? Ob sie weiß, daß ich noch auf der Welt bin? Und wer weiß, ob sie das interessiert. Weiß sie alles, was mir nachher passiert ist, und weiß sie, wie oft ich an sie gedacht habe? Und wer weiß, ob sie das interessiert. Ob sie wohl weiß, zu welcher Stunde ich an der Reihe bin?«
Dieser plötzliche Wandel ließ ihn am ganzen Leib erzittern, und zwar so sehr, daß er zweimal mit dem Stuhl an den Türrahmen stieß, als er ihn hereinzog, was ihm, durch den Rückschlag, einen gewissen Schmerz an den Handgelenken verursachte.
Er ging in sein Schlafzimmer: Einen Augenblick lang tanzten die Möbel vor ihm, im Dunkel bewegte er sich tastend vorwärts, obwohl er sich auskannte. Und das schwarze Zimmer löste noch eine Vorstellung und noch einen Schrecken aus. »Genau das ist es«, sagte er gleich darauf zu sich selbst, »ich werde mich in einem dunklen Zimmer wie diesem befinden, in dem ich mich tastend herumbewege, wie jetzt. Die Frage ist nur, ob es dunkel bleibt oder ob jemand das Licht einschaltet.« Er war beim Bett und neigte sich nach vorne zur Glühbirne, er ergriff sie so erregt, daß sie ihm aus den Fingern sprang, als wäre sie verhext, und erst nach einem baumelnden Tanz gegen das Kopfende des Bettes ergab sie sich, und er konnte endlich Licht machen.
Er ging zum Fußende und strich der Länge nach mit der Hand über die Bettdecke. Er ließ seinem Herzen Zeit, sich zu beruhigen, gab die Schuld an dieser Aufregung der ganzen Herumhantiererei mit der Glühbirne, dann fing er an, sich auszuziehen. Wiewohl es noch Anfang

September war, war der Alte reichlich bekleidet, und er brauchte eine gute Viertelstunde, bis er schließlich im Unterhemd dastand. Bevor er das Nachthemd überzog, untersuchte er seinen Körper, betastete ihn an mehreren Stellen. In seiner Jugend sorgte er wegen seiner kräftigen Schenkel in den Unterhaltungen der Männer für Gesprächsstoff, jetzt aber waren sie so abgemagert, daß es widerlich war, vielleicht auch, weil sich der Vergleich mit dem Umfang seines Bauchs, der ihm gewachsen war, unweigerlich aufdrängte. Er betastete ein letztes Mal den Schenkel und sagte: »Schau an, ist immer noch was dran, und bevor das ganz verschwunden ist ...« – und stieg aufs Bett, doch so, als würde er ein Pferd besteigen.

Als er lag, breitete sich, vielleicht wegen ebendieser Bequemlichkeit, in seinem ganzen Körper eine gewisse Ruhe aus. Aber er löschte das Licht nicht gleich, wie er es sonst immer tat. Und nachdenklich betrachtete er seine Habe: den Kleiderschrank mit drei Spiegeln, die Truhe, so groß wie ein Buffet, die gepolsterten Stühle, die aussahen wie sitzende Damen; alles Zeug, das er beim ersten Möbelmacher von Cortemilia hatte anfertigen lassen, nach allen Regeln der Kunst, und mit dem Nußholz von seinem eigenen Land, Zeug also, das doppelt ihm gehörte. Wo und wie würde es enden, nachher? Und wie kam es, daß er nicht eher und gründlich über das Schicksal seiner Habe nachgedacht hatte?

Er machte das Licht aus und warf sich lange herum, teils, um eine bequemere Lage in seinem Bett zu finden, teils, um diese Gedanken abzuschütteln. »Das ganze Leben bin ich phantasielos gewesen, und jetzt kommt auf einmal die Phantasie daher, um mir das bißchen Leben zu vergiften, das mir noch bleibt.« Er hustete, ein lautes Husten, so als würde man eine Blechdose voller Nägel schütteln.

Nachher wußte er nicht, wie lange er sich in diesem Bett wie in einer Wüste vorgekommen war: Das Bett war viel zu groß, die Ränder konnte man nicht einmal dann ertasten, wenn man die Arme so weit ausbreitete, daß die Gelenke schmerzten.

Er war allein, die Seinen hatten ihn zurückgelassen, wie er sein Zeug zurücklassen würde.

Er dachte an seine Frau, die seit zweiundvierzig Jahren unter dem hohen Gras schlief, und es mußte ihr rein gar nichts bedeutet haben, im Leben die Frau von Davide Manera gewesen zu sein, statt die eines anderen. Er schob eine Hand hinüber, als würde er hoffen, eine Handbreit weiter drüben das unendlich ferne Fleisch zu finden. Sie war eine üppige Frau, Sabina, das Stattlichste, das er zu jener Zeit besaß. Doch als die Krankheit über sie kam, erlag sie ihr bald, fast auf der Stelle, wie ein kleines, spindeldürres Mädchen.

»Ich hätte mehr darunter leiden müssen«, sagte Manera jetzt mit der Decke über dem Mund, »hätte ich mehr darunter gelitten, hätte ich mir etwas Gutes angetan.« Doch damals fühlte er sich nicht danach: Wenn er zwei Tränen herausgepreßt hatte, hatte er sie für sich selbst herausgepreßt, der so früh Witwer geworden war, etwas ziemlich Seltenes und irgendwie auch nicht ganz Natürliches. Doch das Schwerste waren letzten Endes die Sorge um die der greifbaren Fürsorge der Mutter entrissene Tochter und die Mühe der Beerdigung und der Trauer gewesen. Sabina zählte und galt für ihn nichts mehr, weil sie in allem zehn Schritt hinter ihm zurückblieb, und er hatte bald bemerkt, wie unnütz es war, sie anzutreiben. Sie antwortete ihm dann unverändert mit einem peinlichen Lächeln: »Ich bin ungebildet, schließlich weißt auch du, daß die Ziege mir alle Bücher und Hefte aufgefressen hat«, womit sie sagen wollte, daß es nicht ihre Schuld war, wenn sie keine andere Kenntnis und Erfahrung besaß als die der Viehweide. Sabinas ganze Bedeutung bestand darin, daß sie ihm eine Tochter geboren hatte, doch noch heute mußte er angesichts ihres Endes denken, daß sie nicht einmal in der Lage gewesen war, wenigstens das gut zu machen.

Cecilia. Er rief sie mit halblauter Stimme. Cecilia! Und zum tausendsten Mal ging er in seiner Erinnerung zum Ursprung der Katastrophe zurück. Er sah Cecilia, gekleidet wie eine kleine Herzogin, während sie, an einem Morgen im Oktober, die Pferdedroschke bestieg, die sie nach Mondoví brachte, ins Pensionat. Sie hatte die Grundschule in San Benedetto abgeschlossen, und zwar mit zweijähriger Verspätung, weil ihr Vater sie wegen einer Erkältung einen Monat lang zu Hause einschloß, und Cecilia bekam oft mehr als nur eine Erkältung. Ihre Lehrerin – mit Unterstützung des Pfarrers – redete und machte so viel, daß sie Manera schließlich davon überzeugte, sie zur Lehrerin bei den Schwestern von Mondoví ausbilden zu lassen: Auch wenn sie das Abschlußzeugnis nicht erhalten würde, würde sie immerhin eine Bildung mitbekommen, die es ihr, zusammen mit der Mitgift ihres Vaters, erlauben würde, in den Langhe die Ehe einzugehen, von der man träumte. Manera entschloß sich im August, und Cecilia fuhr Anfang Oktober ab. Ihr Vater hatte drei Reisekoffer vorausgeschickt, mit dem Karren von Fazzone, der wöchentlich nach Mondoví fuhr, um die Waren der staatlichen Monopolbehörde für San Benedetto abzuholen. Drei Reisekoffer, er hatte ihr eine Aussteuer mitgegeben, bei der drei Bräute nach Luft geschnappt hätten, so sagten die Gevatterinnen, die Manera zur Besichtigung eingeladen hatte, doch dann ergingen sie sich, mit den Händen unter dem Kinn und wogendem Riesenbusen, in derart viel Getue und Gekreische, daß Manera die Frauen, die ihn sauer wie Essig hatten werden lassen, allesamt hinauswarf.

Nach Cecilias Abreise konnte er nur auf ihre Post warten. Sie schrieb ihm zweimal im Monat, und anfangs fingen ihre Briefe mit »Lieber Papa« an, später aber schrieb sie »Liebster Papa mein«, und da schloß Manera einen Augenblick die Augen und dachte an die hohe Bildung, die Cecilia von diesen Schwestern erhielt.
Eines Tages jedoch – Cecilia war seit einem Trimester im Pensionat – erreichte ihn ein Brief, den Manera kaum überflogen hatte, als er auch schon zum Pfarrhaus marschierte, und von da an schafften er und der Pfarrer auch das ganz leichte Neigen des Kopfes ab, das immer ihr Gruß gewesen war.
Kurz gesagt, Cecilia ging es bei den Schwestern überhaupt nicht gut, bei dem Pensionatsgeld, das Leuten von Adel würdig war, litt und verfiel sie innerlich und äußerlich. Und wenn sie nicht schon früher darüber geschrieben hatte, lag es daran, daß sie hoffte, sich daran zu gewöhnen, doch jetzt konnte sie nicht mehr. Vor allem war sie schließlich vor Angst krank geworden, denn allabendlich führten die Schwestern die Mädchen in langer Reihe in einen riesigen und völlig dunklen Raum, in dem nur ein kleines Licht brannte, das zu Füßen eines Christus entzündet war, und dort ließen sie sie auf den eiskalten Boden niederknien und das Totengebet sprechen. Und dann hatte sie auch noch zu fasten angefangen, seit sie von der Tochter des Steuereinziehers von Murazzano erfahren hatte, daß die Schwestern für die Suppe am Abend das Abwaschwasser vom Mittag verwendeten.
Manera schickte ihr mit dem Salz- und Tabakbus Taschen voll guter Dinge, kalte Hühnchen und Dosen mit Sardellen und Sardinen. So nahm Cecilia eine Zeitlang nur kalte Nahrung zu sich und verdarb sich ein für allemal den Magen. Die Schwestern ließen sie von ihrem Arzt untersuchen und sorgten dafür, daß sie die

verschriebenen Medikamente einnahm. Sie aber erholte sich nicht wieder. Die Mutter Direktorin versäumte nicht, an Manera zu schreiben, doch weil sie Angst hatte, eine Auszubildende dieser Art zu verlieren, stellte sie die Dinge völlig unbedeutend und verharmlosend dar, und wäre nicht die Gewissenhaftigkeit jenes Arztes gewesen, der von sich aus gleich an Manera schrieb, hätte dieser sich niemals vorstellen können, welchen Punkt die Unpäßlichkeit seiner Tochter erreicht hatte.

Er holte sie sofort aus dem Pensionat und schwor vor der Mutter Direktorin, daß seine Tochter nie wieder in ein Pensionat, geschweige denn in irgendeine Schule gehen würde. Schließlich brauche Cecilia keine Bildung, er würde für sie alles lesen und schreiben, was ihr Erbe betraf; auch ohne ein einziges Wort Französisch zu können, würde Cecilia gleichwohl die Königin der Langhe sein.

So kehrte Cecilia nach Hause zurück, doch sie war nicht mehr sie selbst; nicht, daß sie vorher auf Abenteuer versessen oder wohlbeleibt gewesen wäre, aber quirlig schon; jetzt dagegen, mit vierzehn Jahren, ging sie nicht mehr aus dem Haus, lebte nur noch in den vier Wänden, wie eine alte, halbblinde Katze. Sie war so klein und dünn geworden, daß er, ihr Vater, sagte, sie sei eine Miniatur, doch für alle anderen, die nicht mit ihr verwandt waren, wurde sie immer mehr zu einer Mißgeburt, und ihre alte Lehrerin, die sie gern mochte, bekam jedesmal, wenn sie sie betrachtete, einen traurigen Blick und verlor den Faden ihres Gesprächs. Die Frauen wußten bereits von der Gattin des Bartscherers, die im Haus Manera die Ordnung besorgte, daß sie in ihrem Alter noch nicht ihre Tage hatte, und die jungen Männer in der Osteria della Francese sagten leise und laut, daß sie sie nicht einmal dann heiraten würden, wenn Manera sie auf einem goldenen Tablett servierte.

Doch es war weder nötig noch die Zeit, an ihre Hochzeit zu denken, denn an einem Abend im November, sie war vor einer Woche siebzehn Jahre alt geworden, an einem Abend im November mit einem Wolkenbruch, daß man, hätte man sich auf die Straße gewagt, ertrunken wäre wie im Tanaro, an einem Abend im November, als Manera mit dem Pferd draußen war, um den Trunkenbold von Arzt, Dottore di Niella, zu finden, starb Cecilia in den Armen ihrer Lehrerin an einer Krankheit, über deren Natur Manera von keinem Arzt eine befriedigende Erklärung hatte bekommen können.

Cecilia, ja, ihretwegen hatte er gelitten und litt noch immer; nach all der Zeit sah er immer noch Cecilias Mündchen vor sich, als sie zwei Monate alt war, und noch heute bewegte sich sein Finger langsam, aber sicher, um es nachzuzeichnen.

All dies in der Wüste seines Lebens wiederzufinden, Gutes und Leidvolles, erfüllte ihn mit Mut und Raserei, und er schrie: »Nach allem, was ich durchgemacht habe, soll ich noch Angst haben, gezüchtigt zu werden?«

Er sah sich im Bett sitzen, als hätte ihn der Schrei auffahren lassen, doch diese Haltung, so ungeschützt und gewissermaßen dem Blitz ausgeliefert, erschreckte ihn, und er ließ sich unter der Last der Angst wieder zurückgleiten.

Der Alte seufzte. Weißliche Flecken wanderten an der Zimmerdecke hin und her, wurden größer, wurden kleiner, wie Luftballons, bei denen man zum Spaß Luft ein- oder abließ. Mit einem Gefühl aufsteigenden Ekels schloß er die Augen, dann betastete er sich die Stirn und die Schläfen, ob er wohl Fieber habe, doch am Ende konnte er es nicht entscheiden, denn auch seine Hände hatten sich erhitzt.

Der schwarze Fleck in seinem Leben bestand in seinen Geschäften, das heißt in der Art, seinen Nächsten zu

behandeln, und dafür würde er in alle Ewigkeit gezüchtigt werden. Denn Davide Manera war der Wucherer von San Benedetto. Seit vierzig Jahren verlieh er Geld zu Wucherzinsen ans halbe Belbotal, zum höchsten Zinssatz, den man in den Langhe je erlebt hat, und niemals hatte er einen Fälligkeitstag verstreichen lassen, niemals Luft schöpfen lassen, alles eingezogen oder auf die Versteigerung gegeben. Der Gerichtsvollzieher von Dogliani schien nur für ihn zu leben und zu arbeiten. Nur er konnte all die krummen Wege, die Gemeinheiten und Grausamkeiten benennen, die nötig waren, um auf diese Weise zu so viel Habe zu gelangen, er, von dem man sich im Dorf erzählte, daß er es sich längst schon erlauben könne, nachts ins Bett zu urinieren und am Morgen zu verkünden, lediglich ein bißchen geschwitzt zu haben. Er wußte alles, die anderen viel weniger, weil die von Manera in den Ruin Getriebenen alles Menschen waren, die kein Aufhebens machten, die nicht zur Zeit des Hochamts auf der Piazza grölten, Menschen, die, statt Leid zuzufügen, es lieber selber auf sich nahmen; es waren, kurz gesagt, jene Menschen, die gut gekleidet und gut ausgerüstet waren für die Reise durch die Nacht, bei der er sich nackt gesehen hatte.
Niemand hatte ihm je etwas Böses zugefügt oder gegen ihn anzetteln lassen. Nicht einmal damals (viele, vor allem die alten Leute in den Langhe, meinen mit ›damals‹ ganz einfach die Zeit der Partisanen). Ihm war es nicht ergangen wie seinem Kollegen aus Feisoglio, Angelino von der Steuerverwaltung, seinem Parteigenossen und Wucherkollegen, der immerhin einen christlichen Zinssatz erhoben und stets bereit gewesen war, die Wechsel zu erneuern.
›Damals‹, an einem Morgen, hatte Angelino von der Küche aus, wo er gerade den zweiten seiner zehn täglichen Espressos trank, die Klingel an der Türe seines Steuerverwaltungsbüros gehört und sich hinter dem

Tresen präsentiert. Wie immer faßte er mit beiden Händen seinen berühmten Bauch und legte ihn zu seiner Erleichterung auf den Tresen. Der morgendliche Kunde war ein Junge, halb wie ein Bauer, halb wie ein Skiläufer gekleidet, dessen Partisanengestank sogar das säuerliche Luftgemisch des Steuerverwaltungsbüros durchdrang. Doch diesmal zitterte Angelino nicht, weil er ihn auf Anhieb sympathisch fand; ihm schoß die Vorstellung durch den Kopf, wie es wohl wäre, selbst einen solchen Sohn zu haben. Mit dem Haarschopf über den blauen Augen, auf den Wangen die Farben der Gesundheit und die Lippen so geformt, als pfeife er ein lustiges Lied. Und überall gut proportioniert, er mußte stark sein wie ein Stein. Ja, seine Frau hätte ihm einen solchen Sohn schenken sollen, um ihn glücklich und stolz zu machen, mit diesem Körper, mit diesem gleichzeitig gefährlichen und beruhigenden Gesicht, das dem Vater einen Haufen Tricks versprach, doch alle so durchgeführt, wie es sich gehörte.

Angelino fand ihn so sympathisch, daß er ihm über das ganze Gesicht zulächelte, und nach einem ersten Augenblick des Verdutztseins lächelte auch der Junge. Und so lächelnd, fragte er ihn: »Seid Ihr Angelino Riolfo?«

Lächelnd antwortete Angelino, daß es so sei, und immer noch lächelnd zog der Junge, langsam und glatt, die Pistole heraus und feuerte ihm ein paar Schüsse in den Bauch, der auf dem Tresen lag wie eine Ware.

Sie lächelten nicht mehr. Angelino sagte leise und ohne besonderen Vorwurf: »Nein, nicht so.« Sein Fallen zögerte sich hinaus, wegen des Bauchs auf dem Tresen. Da half der Junge ihm, indem er ihn mit übereinandergelegten Armen herunterschaffte, und Angelino verendete hinter dem Tresen, mit dem Gesicht im Salzregal.

Nun, dachte Manera, als er sich im Bett umdrehte, Angelino Riolfo war gerade mal ein halber Faschist, und

das wenige, worauf er sich mit dem Faschismus eingelassen hatte, lag vor dem Jahr 1940, als Mussolini für den größten Vater des Vaterlandes gehalten werden konnte, und auch später war er niemals ein Spion gewesen. Fraglos war dieser Partisan von irgend jemandem aus dem Dorf geschickt worden, der ein paar Unterschriften in Angelinos Brieftasche hatte.
Die Nacht ging hin, kein anderes Geräusch war zu hören als das Rauschen der kleinen Bäume auf dem Vorplatz der Schule im ewigen Wind. Und die Dunkelheit hatte die Schlitze des Fensterladens ausgefüllt.
Er müßte sich wirklich, ohne weiteren Aufschub, einen schönen festen Anzug für die nächtliche Reise machen lassen. Das Geschäft mit der Seele war ein Geschäft wie jedes andere, nur hatte er sich ihm niemals gestellt, im Unterschied zu den anderen Geschäften, für die er nächtelang aufblieb, um den Einsatz und die Gewinne zu kalkulieren.
Er lehnte sich gegen das Kopfkissen und legte eine Hand auf den Bauch, so als wollte er die Büchse, in der das Geschäft steckte, das Problem, fest und verschlossen halten. Und als er sie öffnete, sah er darin, daß es auch in diesem Zweig Vermittler gab, und das waren die Priester.
Die Priester. Abgesehen von seiner persönlichen Geschichte mit dem alten Ortspfarrer, hatte er die Priester noch nie leiden können. Wenn er einem begegnete, verdunkelte dessen schwarze Kleidung für ihn die Straße und den Tag. Er hatte noch nie einen Befehl ausstehen können, und tief im Inneren wußte er, daß immer und einzig sie es waren, die befehligten. Das Wissen, daß gerade sie, die so viel gegen die Sünde predigten, die größten Sünder waren, machte ihn gallig und zornig. Sein ganzes Leben lang hatte es an ihm genagt, daß er so wenig gelernt hatte, und für seine Unbildung (nicht jedoch für die von seinesgleichen und von seinen Kun-

den) machte er ausschließlich die Priester verantwortlich, die jeden Vorteil und jedes Interesse hatten, daß die Menschen mit zugenähten Augen durch die Weltgeschichte gingen.
Mit dem alten Ortspfarrer hatte er sich, abgesehen von dem schlechten Rat wegen Cecilia, bald in die Wolle gekriegt. An einem Sonntag, kurz vor der Vesper, hatte der Pfarrer ihn angesprochen, und nach ein paar Höflichkeiten hatte er ihm ins Gesicht gesagt: »Ihr, Manera, bei dem Beruf, den Ihr gewählt habt, müßt Almosen geben, sehr viel Almosen.«
Und er gleich drauf: »In welchem eurer Bücher steht das geschrieben?«
Und nach weiteren Ausführungen:
»Sagt mir ganz genau, in welchem Buch das geschrieben steht, in welchem der drei Bücher, die man euch im Seminar auswendig lernen läßt. Im Buch der Lügen, in dem der Zaubertricks oder im Buch, das euch beibringt, wie man das Volk hereinlegt?«
Dem Priester schoß das Blut in die Augen, aber er hielt sich zurück und sagte: »Jedenfalls, Manera, erwartet Ihr wohl kaum, ins Paradies zu kommen, nachdem Ihr auf Erden immer den Halsabschneider gespielt habt.«
»Wenn es das Paradies gäbe und es wirklich so ein wunderbarer Ort wäre, wie Ihr behauptet, würdet ihr Priester euch nicht so abmühen, uns dort hinzuschicken«, und Manera brach in ein derartiges Lachen aus, daß sich sogar die Fußball spielenden Jungen umdrehten, die sich vor der Andacht noch ein bißchen prügelten.
Der Pfarrer gab dem Bartscherer ein knappes Zeichen, er solle gehen und zur Vesper läuten, dann begab er sich in die Sakristei, um sich das Meßgewand anzulegen. Doch in der Türe drehte er sich um und sagte zu Manera mit ausgestrecktem Finger: »Tut, was Ihr wollt, doch nehmt Euch in acht vor der Versuchung, das *Oremus* lauter zu sagen als ich.«

Nun, der erste, der gezüchtigt wurde, zumindest im Fleische, war ausgerechnet er, der alte Dorfpfarrer. Wegen einer Arteriosklerose amputierte man ihm in Alba zuerst ein Bein, dann das andere, und er landete am Ende in einem Hospiz für Priester.

Es war also ein Geschäft, das unvermeidbarerweise mittels der Priester zu regeln war. Und ihm kam gleich der neue Pfarrer in den Sinn, so jung und zivilisiert, daß man nicht begreifen konnte, weshalb die Kurie ihn nach San Benedetto unter die Wilden geschickt hatte. Er traf ihn oft im Dorf, und jedesmal starrte er ihn so an, als wäre er in ihn verliebt. Er hatte Augen wie ein totes Schaf, dachte Davide Manera, doch heute nacht fand er diese Augen einfach sanft, und heute nacht verstand er alles, was sie ihm sagen wollten. »Warum läßt du dich nie in der Kirche blicken? Warum gibst du mir nie eine Geldmünze für mein Kirchenblatt? Hast du keine Seelen, für die du beten mußt?«

Er schien umgänglich zu sein, das genaue Gegenteil vom alten Pfarrer und den üblichen Pfarrern der Langhe, die sofort rotsahen und sich mit geballten Fäusten über die Kanzel hängten.

Der Alte beklagte sich schwer über sich selbst. Wie hatte er nur so kurzsichtig sein können, nicht hin und wieder fünfzig Lire für das Kirchenblatt zu geben? Das hätte ihm doch schon ein Verdienst eingetragen, oder besser einen Kredit. Und als unter tausend Mühen die Fassade der Kapelle in der Ebene restauriert wurde, hätte er sehr wohl einen seiner vielen Föhrenstämme anbieten können. In kleinen Schritten, kaum wahrnehmbar, und mit der Zeit hättest du einen ansehnlichen Kredit angesammelt, wie ein Postsparbuch, auf das du ein paar Lire jeden Monat einzahlst, doch ohne jemals eine Einzahlung auszulassen.

Er haßte sich wegen dieser Blödheit, wegen all der so einfachen und überhaupt nicht kostspieligen und so un-

sinnig vertanen Gelegenheiten. Doch wie vorgehen? Er fand den Weg nicht, er war völlig verloren, vielleicht, daß der Sinn für Geschäfte, der ihn sein ganzes Leben lang begleitet hatte, auf immer von ihm gewichen war.
Vom Campanile schlug es eins, und das löste ein langes Zittern bei ihm aus, als ob ein eisiger Tropfen ihm ganz langsam vom nackten Hals über die Wirbelsäule hinunterrann.
Er machte das Licht wieder an, so als hätte ihn all das Nachdenken betrunken gemacht und ihn, nicht mehr bei Sinnen, an einen wer weiß wie schrecklichen unbekannten Ort gebracht.
Und im Lichte sah er all sein Hab und Gut, alles: nicht nur die Möbel, sondern auch das Haus, die vier Bauernhäuser; die Geldeinlagen und das Gold auf der Bank von Murazzano, und die ganze Aussteuer.
Dann machte er wieder dunkel, denn inzwischen hatte er das Licht in seinem Kopf.
Er würde alles der Kirche vermachen, den Priestern: er rettete seine Seele, indem er diese gewaltige Größe mit einer Ware bezahlte, die am folgenden Tag für ihn keinen Pfifferling mehr wert war. Das war das größte Geschäft von Davide Manera, und es sollte auch das letzte werden.
Er drehte sich auf die Seite, drückte seinen Kopf fest ins Kissen, jetzt war er sicher, daß er innerhalb von zwei Minuten einschlafen würde. Am nächsten Tag war Markt, doch auf der Piazza würde man ihn nicht zu sehen bekommen. Beim ersten Gesang der Vögel in den Bäumen des Schulhauses würde er aufstehen, im Sonntagsanzug zum Pfarrhaus gehen und mit dem neuen Pfarrer alle Modalitäten durchdenken.

Die dreiundzwanzig Tage von Alba

Alba nahmen sie mit zweitausend Mann am 10. Oktober ein und verloren es mit zweihundert am 2. November des Jahres 1944.
In den ersten Tagen des Oktobers ließ die faschistische Stadtverwaltung, der auf Grund des Drucks durch die Partisanen von den Hügeln der Atem ausging (sie schliefen schon seit Wochen nicht mehr, jede Nacht kamen die Partisanen herunter und machten Lärm mit ihren Waffen, auch die Zivilbevölkerung war erschöpft, obwohl sie das Bett nicht mehr verließ), die Stadtverwaltung ließ den Partisanen durch die Priester mitteilen, daß sie abziehen würde, nur sollten die Partisanen ihnen einen unversehrten Abzug garantieren. Die Partisanen gaben diese Garantie, und am Morgen des 10. Oktobers zog das Präsidium ab.
Die Schwarzhemden überquerten den Tanaro mit Waffen und Troß. Dabei blickten sie sich um, ob die nachrückenden Partisanen ihnen nicht ein bißchen zu dicht auf den Fersen folgten, und einer, der nicht auffiel, lief immer wieder zu den Kameraden vor, damit, wenn meuchlings ein Schuß abgefeuert würde, es nicht gleich sein Rücken wäre, der ihn kassierte. Als sie dann am anderen Ufer waren und am hiesigen von ihnen

nichts anderes übrigblieb als herabsinkender Staub, blieben sie stehen und drehten sich um, und in Richtung der freien Stadt Alba riefen sie: »Ihr habt euch kaufen lassen, ihr Bastarde und Verräter, wir kommen wieder, und dann hängen wir euch alle auf!« Dann sah man von der Stadt aus, wie sie kreisförmig auf einen einzigen Punkt zuliefen: Es war die Truppe, die sich zusammendrängte, um ihre Offiziere zu trösten, die heulten und winselten, sie würden vor Schande sterben. Und als sie glaubten, es sei nun genug getröstet, drehten sie sich wieder zur Stadt hinüber und schrien: »Ihr habt euch kaufen lassen, ihr Bastarde ...!«, doch diesmal ein bißchen kräftiger, denn es waren nicht nur Schmähungen, die sie hinüberschickten, es waren auch Mörsergeschosse, die in der Folge den Dachdeckern der Stadt einen ganz schönen Gewinn einbrachten. Die Partisanen drängten sich in Türen und Tore, die Zivilisten flüchteten Hals über Kopf in die Keller, ein paar Mannschaften liefen zu den Uferböschungen, von wo aus sie ein Maschinengewehrfeuer eröffneten, das eine weidende Kuh auf dem anderen Ufer niederstreckte, und obwohl den Schwarzhemden die Kugeln um die Ohren flogen, marschierten sie zügig davon.
Da hängte sich jemand ans Seil der Großen Glocke der Kathedrale, andere an die Seile der Glocken der anderen acht Kirchen von Alba, und es war, als würden Bronzesplitter über die Stadt herabregnen. Die Leute, unbeweglich oder im Gehen, zogen den Kopf zwischen die Schultern und wirkten wie Betrunkene oder wie jemand, der Angst hat, gekitzelt zu werden. So sahen die Leute, an die Mauern der Via Maestra gedrückt, die Partisanen der Langhe vorüberziehen. Nicht, daß sie noch nie welche gesehen hatten: Zu der Zeit, als in Alba das II. Jagdflieger-Regiment der Apenninen in Garnison lag und dieses von der Durchkämmung eines Teils der Langhe zurückkehrte, konnte man immer einen

oder zwei sehen, deren Hände mit Draht zusammengebunden und deren Gesichter zerschunden waren, aber das waren nur einer oder zwei, wohingegen jetzt alle da waren (wie sollte man glauben, daß es noch mehr gab?), und das in bester Form.
Es war die wildeste Parade der modernen Geschichte: Allein an Uniformen gab es so viele wie für hundert Karnevalsumzüge. Einen Eindruck ohnegleichen machte ein einfacher Partisan, der in der Galauniform eines Artillerieobersten mit schwarzem Schnurbesatz und gelben Biesen vorüberging und um die Hüften das rotschwarze Koppel der Feuerwehrmänner mit großer Schnalle. Badoglios Männer zogen vorüber mit dem hellblauen Taschentuch auf der Schulter, und die Garibaldiner mit dem roten Taschentuch, und alle oder fast alle trugen eingestickt auf den Taschentüchern den Namen einer Schlacht. Die Leute lasen sie, wie man die Nummern auf dem Rücken von Radrennfahrern liest; sie lasen romantische und großartige Namen, die von Rolando bis Dynamit reichten. Mit den Männern zogen auch die Partisaninnen vorüber, und hier begann einer unter den Leuten zu raunen: »Ach, du armes Italien!«, denn das Aussehen dieser jungen Frauen und ihre Art sich zu bewegen veranlaßte die Stadtbewohner, sich gegenseitig zuzuzwinkern. Die Kommandeure, in dieser Hinsicht ohne Illusionen, hatten am Tag vor dem Abstieg den Befehl erteilt, daß die Partisaninnen unbedingt auf den Hügeln bleiben sollten, doch die hatten die Kommandeure zum Teufel gejagt und waren in die Stadt gestürmt.
Hinsichtlich der Anführer ist folgendes zu bemerken: Die Anführer waren sofort ins Rathaus gegangen, um mit dem Kommissar der Präfektur zu verhandeln, und zeigten sich dann, auf dessen Aufforderung hin, auf dem Balkon, langsam, um einem der Pförtner genügend Zeit zu lassen, am Balkongitter ein aufwendig

gearbeitetes Tuch für sie anzubringen. Doch die Piazza unten war leer, und auf den Balkonen gegenüber war kein Mensch zu sehen. Daraufhin lief die Leibgarde in die Via Maestra und trieb jeden auf die Piazza, den sie traf. Unter heftigem Stoßen und Drängen versammelten sich an die hundert; sie standen da und schauten nach oben, doch ihre Arme baumelten herunter. Da schlängelten sich die Leibgardisten durch die Menge und zischten die Leute an: »Was ist, warum klatscht ihr nicht?« Sie klatschten alle und hörten gar nicht mehr auf, allerdings nicht von Herzen. Ein Augenblick der Verblüffung trat ein: Auf dem Balkon standen so viele Anführer, daß die Truppe im Verhältnis dazu zwanzigtausend und nicht zweitausend Mann hätte stark sein müssen, und dann sah man in der ersten Reihe einen Anführer, der, wie eine Tänzerin, über einer kurzen Hose eine Pelzjacke trug, die von weitem aussah wie Hermelin, und einen anderen Anführer, der eine vollständige Uniform aus schwarzem Gummi trug, mit blinkenden Schnallen.

Unterdessen gab es in der Via Maestra nichts mehr zu sehen: Als sie oben angekommen waren, machten die Partisanen sich davon. Eine Schar, die an jeder Kreuzung größer wurde, lief in die beiden Freudenhäuser der Stadt, gefolgt von einem Schwarm kleiner Jungen, die glücklicherweise auf der Türschwelle stehenblieben und geduldig auf den Partisanen warteten, dessen Uniform oder Waffe den größten Eindruck auf sie gemacht hatte. In diesen beiden Häusern waren acht professionelle Nutten tätig, die an diesem und an den folgenden Tagen Dinge taten, die einer Tapferkeitsmedaille würdig waren. Auch die Puffmütter waren unglaublich tüchtig, es gelang ihnen, den größten Teil des Geldes zu kassieren, was bei Menschen wie den Partisanen, die es gewohnt waren, sich alles schenken zu lassen, an ein Wunder grenzte.

Aber natürlich waren nicht alle bei den Nutten, die meisten waren sogar unterwegs, um Autos, Autoreifen und Benzin zu requirieren. Nicht ohne sich zu streiten und sich gegenseitig mit entsicherter Waffe zu bedrohen, trieben sie eine Anzahl Fahrzeuge auf, nahmen sie mit und verwandelten den Viale, der rings um die Stadt verläuft, in eine lebhafte Fahrschule. Durch die Straßen liefen Partisanen und rollten Autoreifen vor sich her, so wie einst die kleinen Kinder mit ihren Holzreifen in den öffentlichen Parkanlagen spielten. Die Folge davon war, daß das Benzin alle in Fieber versetzte. An diesem ersten Tag und auch danach nahmen sie an den Tankstellen die Deckel von den Benzintanks, legten sich mit dem Bauch auf den Asphalt und steckten ihren Kopf in die Schächte. »Die Behälter sind leer, leer seit einem Jahr«, schworen die Besitzer, doch die Partisanen sahen sie schief an und sagten, sie würden Reflexe sehen, Benzin sei also da. Die Besitzer versuchten zu erklären, daß die Reflexe von dem bißchen Benzin herrührten, das in jedem leeren Tank verbliebe, das die Pumpe aber nicht mehr hochsauge. Daraufhin füllten die Partisanen die Tanks mit Verwünschungen und überließen es den Besitzern, sie wieder zu schließen. Benzin trieben sie bei Privatleuten auf, allerdings wenig, und trugen es in Flaschen weg. Was sie in großer Menge fanden, war Äther, Lösungsmittel und Terpentin, mit denen sie Mischungen herstellten, die die Motoren vergifteten.

Andere zogen mit Listen der aktiven Offiziere und Reservisten der Stadt herum, klopften, als Partisanen gekleidet, an deren Türen und kamen als Leutnants, Hauptmänner oder Obristen aufgetakelt wieder heraus. Sofort drangen sie in die Fotoateliers und posierten in diesen Uniformen, mit Kampfgesichtern, die das Objektiv zertrümmerten.

Unterdessen saßen im Konviktgebäude, das zum Kommando Piazza umfunktioniert worden war, die Kom-

mandeure vor schweren Verteidigungs-, Versorgungs- und allgemeinen Verwaltungsproblemen beisammen. Sie machten ganz den Eindruck, als würden sie nicht das geringste davon verstehen, der eine und andere gestand es sogar gleich bei Eröffnung der Sitzung, im stillen taten sie sich gegenseitig irgendwie leid, weil sie nicht wußten, was und wie sie was beschließen sollten. Jedenfalls beschlossen sie bis in die Nacht hinein.
In dieser ersten Nacht der Besetzung war für die Zivilbevölkerung und die Partisanen nicht an Schlaf zu denken. In einer eroberten Stadt, mit einem Feind, der nicht geschlagen wurde, kann man kein Auge zumachen. Und was, wenn die flüchtige Stadtverwaltung es sich anders überlegt hätte oder auf ihrem Weg jemandem begegnet wäre, der ihr dabei geholfen hätte, und sie versuchen würde, noch in derselben Nacht wieder nach Alba zurückzukommen? Die Zivilbevölkerung erinnerte sich in ihrer Schlaflosigkeit, daß am Abend, bei Einbruch der Dunkelheit, diese Gefahr in der Luft lag und auf eigentümliche Weise die Häuser und Straßen verformte, die Geräusche verstärkte, so daß die Stadt in bestimmten Augenblicken nicht wiederzuerkennen war für die, die dort geboren und aufgewachsen waren. Und die Partisanen, denen es, unter einem Kastanienbaum sitzend, auf den Hügeln gelang einzuschlafen, machten auf den Feldbetten in der Kaserne kein Auge zu. Sie dachten nach, und beim Nachdenken, das zeitweise zum Alptraum wurde, kam Alba ihnen wie eine große Falle vor, die bereits zugeschnappt war. So wirkte das Gefühl, zum ersten Mal eingeschlossen zu sein; die Wachpatrouillen dagegen, die in der frischen Nachtluft ihre Runden durch die Stadt drehten, waren viel ruhiger und unbesorgter.
Nichts geschah, so wie an den folgenden acht Tagen und in den folgenden acht Nächten nichts geschah. Das einzige, was sich ereignete, war, daß die Zivilbevölke-

rung Gelegenheit hatte, sich klar darüber zu werden, daß die Partisanen zumeist anständige Jungs waren und als solche ein paar unangenehme Fehler hatten, und daß die Schwarzhemden, was die Verwaltung anging, kompetenter waren als sie. Außerdem ereignete sich, daß sie an einem dieser Tage, zur Mittagszeit, in Radio Turin hörten, wie die faschistischen Anführer aus dem Piemont einer nach dem anderen schworen, daß die Schmach von Alba abgewaschen, die barbarische Partisanenherrschaft gestürzt würde und so weiter und so weiter.

Am Morgen des 24. Oktobers beobachteten die Wachposten am Fluß, die zu früher Stunde mit Handgranaten auf Fischzug gingen und ein derartiges Fischmassaker anrichteten, daß sich die Fischer noch heute darüber beklagen, wie auf der Straße zwischen Alba und Bra eine riesige Staubwolke näher kam, aus der Motorenlärm aufstieg. In den Lücken zwischen den Pappelwäldchen erspähten sie an ein Dutzend großer Lastwagen und ein paar kleine Panzer.

Über Alba heulte die Stadtsirene, die Zivilbevölkerung flüchtete in die Keller, und die Garnison lief zu den Uferböschungen, als sich über dem Fluß bereits die ersten Schüsse kreuzten.

Die Truppen der Republik von Salò errichteten eine Front von nicht mehr als einem halben Kilometer, die zwischen einem Pfirsichgarten und einer Sandfläche verlief, und versuchten, gewaltsam an der Stelle durchzubrechen, die für das Überqueren des Flusses am geeignetsten schien, unmittelbar unterhalb der von den Engländern bombardierten Brücke. Doch die Partisanen konzentrierten ihre Maschinengewehre auf diese Stelle, und als die anderen sich offen zeigten, feuerten sie eine Garbe ab, die sie wieder in die Büsche zurückjagte. Bis die anderen schließlich einen der Panzer vorschickten, der sich wie ein Wurm ins steinige Flußbett hinabwand. Aus sämtlichen Mündungen feuernd, glitt er in das seichte Wasser, doch ein Mörserschütze der Partisanen erwischte ihn voll mit einem 81er Kaliber, woraufhin der Panzer allerlei Anstalten machte, sich zurückzuziehen. Und nach weiterem Durcheinander, das für die Partisanen eine Verzögerung ihres Mittagessens bedeutete, zog die Republik nachmittags um eins ab, allerdings nicht schnell genug, um zu verhindern, daß ein Partisanentrupp den Fluß durchwatete und den Hintern der Nachhut zu fassen bekam, und wenn sie sie nicht allesamt verhaftet haben, lag das daran, daß sie zuviel Zeit mit dem Einsammeln der Waffen vergeudeten, die die anderen wegwarfen.

Das Heulen der Sirene bezeichnete das Ende, und es war ein schöner Nachmittag. Auf der Piazza Umberto I. lag die Sonne, und die gesamte Bevölkerung wartete auf die Partisanen, die von den Uferböschungen zurückkehrten und das berühmte Lied sangen, das folgendermaßen geht:

O tu Germania che sei la più forte,
Fatti avanti se ci hai del coraggio,
Se la repubblica ti lascia il passaggio,
Noi partigiani fermarti saprem!

(O Deutschland du, du bist am stärksten,
Wag dich doch vor, wenn du Mut genug hast,
Wenn die Republik dich dann auch noch durchlaßt,
Halten wir Partisanen dich auf!)

Der Nachmittag wurde zum Fest erklärt, die Menschen füllten die Cafés und spendierten den Partisanen Getränke. Sie schalteten die Radiogeräte ein und hörten Sender Turin, und weil Radio Turin schwieg, schrien sie: »Sag endlich was, sag endlich was!«, und die Anwesenheit so vieler patriotisch gesinnter Signore und

Signorine war kein Grund, weshalb man die von Radio Turin nicht trotzdem durchgegeigte Ärsche nennen sollte.
Doch am Abend und in der Nacht dachten viele, daß es vielleicht ganz gut war, daß die Partisanen den Faschisten nicht allzusehr zugesetzt hatten, denn immerhin konnte es sein, daß man anschließend die Zeche zu zahlen hatte.
Am nächsten Tag sprach in Radio Turin der faschistische Gouverneur von ganz Piemont, und, das Scharmützel vom Vortag übergehend, sagte er, daß Alba für das wahre Italien zurückerobert würde, und zwar um jeden Preis und so schnell wie möglich. Jeder in Alba hörte es und nahm, allen voran die Partisanen, seine Worte unbedingt ernst. Die nächtlichen Wachposten an den Uferböschungen wurden verdreifacht; das war ein Dienst, der zum Nervenzusammenbruch führte, angesichts des Flusses, der nachts tausend Geräusche von sich gibt, allesamt verdächtig, und der Lichter, die am anderen Ufer an- und ausgingen. Ein Teil der Zivilbevölkerung verließ die Stadt, den Nachbarn erklärten sie, sie würden ein paar Tage auf dem Land verbringen, und niemand dachte daran einzuwenden, daß die Jahreszeit doch gar nicht mehr danach sei.
Doch gegen Ende Oktober regnete es in den Bergen und regnete es in der Ebene, der Tanaro schien sich auf die Beine stellen zu wollen, so sehr schwoll er an. Die Menschen sahen darin den Fingerzeig Gottes, kamen während der Ruhepausen dieser Sintflut an die Böschungen, betrachteten forschend den Wasserstand und nickten zustimmend mit dem Kopf. Es regnete Tag und Nacht. Die nächtlichen Wachmannschaften kehrten hustend in die Kasernen zurück. Der Fluß übertrieb in einem Maß, daß man aufhörte, Angst vor den Schwarzhemden zu haben und anfing, Angst vor ihm zu bekommen. Dann hörte es auf zu regnen, doch der

Fluß behielt seine mehr als ermutigenden Ausmaße. An den Uferböschungen kamen zu allen Stunden viele Menschen zusammen, fast alle gingen müßig, weil man in dieser Situation nicht mehr ruhig arbeiten konnte, und unter diesen Menschen waren alte Soldaten aus dem ersten Weltkrieg, die den Tanaro prüfend beobachteten und Vergleiche mit dem Piave anstellten.

Am selben Tag, als es aufhörte zu regnen, erfuhr das Kommando Piazza über Wege, die nur ihm bekannt waren, daß die Faschisten angreifen würden, angreifen unter dem Oberbefehl von Generälen und nicht später als am 3. November. Das Kommando sorgte dafür, daß einige Abschnitte der Uferböschung vermint und die Wiesen zwischen dem Fluß und der Stadt überflutet wurden, wofür man einen Bewässerungskanal umleitete. Außerdem ließ es Listen aller Bürger erstellen, die für das Errichten von Barrikaden an den Toren der Stadt herangezogen werden konnten. Anderes zu tun gelang ihnen nicht, weil ihnen die Anhörung einer Unzahl von Leuten, die ungeheuer wichtige Dinge zu berichten hatten, viel Zeit raubte; die meisten von ihnen waren fliegende Händler, die die Märkte auf der anderen, von den Faschisten besetzten Seite des Tanaro abklapperten und alles mitbekamen, auch wenn sie zur Erde blickten. So erfuhr man unter anderem, daß auf dem Hügel von Santa Vittoria bereits Kanonen vom Kaliber 149 in Stellung gebracht worden waren, mit denen man, sollte sich die Verteidigung unnötig lange hinziehen, die Stadt Alba in Schutt und Asche legen würde, und daß oberhalb von Pollenzo eine Flottille von Frachtkähnen für die Überquerung des Flusses vor Anker lag.

Doch die interessanteste und zuverlässigste Nachricht wurde der Kommandantur durch einen Priester der Kurie zugetragen: es handelte sich darum, daß die faschistischen Anführer um ein Gespräch im Partisanengebiet baten und sich zum Wohle der Stadt Alba wünschten, die Rebellenanführer würden es gewähren. Die Partisanenführer sagten nicht nein, und am vereinbarten Tag begaben sie sich mit einer Begleitmannschaft zum verabredeten Ort, ziemlich weit entfernt von der Stadt, die der Kern des Problems war. Die Anführer der Faschisten, die schrecklichsten Namen dieser Republik von Salò, überquerten den Fluß bei ihrer Ankunft mit einem Frachtkahn, und weil diese Überfahrt als eine Art Generalprobe betrachtet werden konnte, waren die Partisanen am anderen Ufer mehr als betroffen, als sie sahen, mit welcher Sicherheit der Kahn über den angeschwollenen Fluß setzte. Sie gingen an Land, und während den meisten der Schlamm bis oben an die Stiefel reichte, als sie das Ufer heraufkamen, blieben einige Alte und Dicke hoffnungslos in ihm stecken. Daraufhin sah man, wie die Partisanen der Begleitmannschaft zum Schlamm hinabstiegen, die faschistischen Offiziere auf ihre Schultern luden, wieder hochkletterten und sie auf festem Boden absetzten. Die Offiziere dankten, boten deutsche Zigaretten an und begaben sich dann mit den gleichrangigen Partisanen zur Seite.

Es war ein unendlich langes Hin und Her, und der Begleitmannschaft schliefen schon die Füße ein, doch am Ende verblieb man so, als wäre nichts gesagt worden. Die Faschisten wollten nicht sagen, daß sie keine Lust hatten, Alba mit Gewalt zurückzuholen, die Partisanen wollten nicht sagen, daß sie nicht in der Lage waren, die Stadt lange zu verteidigen, und durch diese gegenseitige Zurückhaltung kam es zur Schlacht von Alba. Die völlig verdreckten Faschisten fuhren mit ihrem Frachtkahn wieder ab und sagten: »Auf Wiedersehen auf dem Schlachtfeld«, die Partisanen antworteten: »Das ist sicher«, und blickten ihnen nach, um zu sehen, ob sie nicht zufällig untergingen. Sie gingen nicht unter.

Am Morgen des 1. Novembers wurden die Kommandeure aller Mannschaften der Garnison ins Kommando Piazza berufen und um die Mittagsstunde entlassen, nachdem sie von Verteidigungsstützpunkten, von Manövriermassen, von Sichtkontakten und so weiter hatten reden hören. Kurz gesagt, sie kamen mit verworrenen Vorstellungen heraus, doch weil keiner sich entschließen konnte, den Anfang zu machen, gingen sie nicht zurück, um sich, sofern möglich, Klarheit zu verschaffen. Auf dem Weg zu ihren Unterkünften bezahlten sie diesen Wunsch, ihr Ansehen zu wahren, mit fürchterlichen Gewissenszweifeln. Nur zwei Dinge waren wirklich klar, nämlich daß die Truppen der Republik von Salò im Morgengrauen des nächsten Tages angreifen und versuchen würden, die Hängebrücke von Pollenzo zu überqueren, die Brücke, die die Partisanen ganz einfach deshalb nicht zerstören konnten, weil sie von Deutschen bewacht wurde, die seit dem Waffenstillstand in dem königlichen Schloß logierten, und zwar in so ausreichender Zahl, daß sie auf alle Partisanen der Langhe pfeifen konnten.
Nach dem Mittagessen verließen die Mannschaften, die ihre Anführer mit Fragen bombardierten, die Stadt und begaben sich auf die Straße nach Gallo, Handkarren hinter sich herziehend, auf die sie Maschinengewehre und Munitionskisten geladen hatten. Sie hielten da, wo es ihnen die Anführer befahlen, verschafften sich einen Überblick über den ihnen zugewiesenen Frontabschnitt, und nachdem sie ihre Wachposten aufgestellt hatten, begaben sie sich allesamt zur Tenne des Bauernhauses von San Casciano, das genau in der Mitte der Stellungen lag. Auf dieser Tenne, die so groß war wie eine Piazza, fanden sich die zweihundert Männer ein, auf denen die Schlacht von Alba fast ganz allein lastete. Sie stimmten einen Chor mit *O tu Germania che sei la più forte* an, machten allerhand erbarmungslose

Witze über die Tatsache, daß am nächsten Tag der 2. November wäre, Allerseelen, und bekamen auch noch ein Schauspiel geliefert. Zwei Polen, Deserteure der Wehrmacht und Badoglio-Partisanen, stockbesoffen, gaben allen ein Zeichen, daß sie zuschauen sollten, stellten zwei leere Flaschen auf die kleine Mauer am Ende der Tenne, torkelten auf die andere Seite zurück, zielten mit ihren deutschen Gewehren, und die beiden Flaschen hinten flogen als Staub davon. Alle klatschten Beifall und dachten, daß sie morgen Faschistenfleisch im Visier haben würden. So ging es bis zum Abend, dann kehrte jede Mannschaft zu dem Bauernhaus zurück, das ihrer jeweiligen Stellung am nächsten gelegen war.
Dort aßen sie zu Abend bei Brot und Salami und anschließend ruhten sie sich aus. Durch die Fenster sahen sie, wie schlagartig die Nacht hereinbrach, und spürten, daß es bitter kalt wurde. Draußen rumorte der Fluß, drinnen hörte man nur das Atmen, das lauteste Geräusch verursachte das Reiben der Schwefelhölzer beim Anzünden der Zigaretten. Tatsache ist, daß es unter ihnen keinen Erwachsenen gab. Auf hundert Partisanen kamen vielleicht fünf, die als Soldaten im Königlichen Heer gekämpft hatten. Im Dunkel des Vorabends der Schlacht hatten viele dieser Minderjährigen, weil sie nicht auf Hühner schießen wollten, noch nie ein Gewehr bedient und fragten sich jetzt, ob schießen wohl kompliziert wäre und ob der Schuß in den Ohren weh tat. Dann dachten sie an die, die früh am nächsten Morgen eintreffen sollten, gestanden zu, daß die zu schießen verstünden, und da befühlten sie ihre Haut oder auch nur ihr Hemd.
Kurz vor Mitternacht traf ein Meldegänger vom Kommando Piazza ein, um bekanntzugeben, daß die Sanitätsstation sich hinter dem Friedhof befand und daß der Sanitätsdienst freiwillig von den albesischen Medizin-

und Pharmaziestudenten geleistet würde. Man hörte ein Schluchzen im Dunkeln, doch eine halbe Stunde nachdem der Melder gegangen war, waren sie bereits alle in den Ställen und auf den Heuböden eingeschlafen, denn sie waren allesamt Kinder und hatten das Glück, Kinder zu sein. Und auch der eine oder andere Wachposten schlief ein.

Am Morgen des 2. Novembers wurden sie gegen halb fünf von einem furchtbaren Knall geweckt. Die auf den Heuböden schlafenden Partisanen kümmerten sich nicht um die Sprossenleitern und sprangen aus einer Höhe von zwei Metern und mehr herunter. Nur der Form halber schickten die Kommandeure jemanden, um nachzusehen, ob einer weiterschlief. Eine Patrouille der Älteren machte sich auf, um nachzusehen, was los war. Sie kam zurück, als alle schon in den Gräben waren, und berichtete, daß ein Mann, ein Zivilist, über vermintes Gebiet gegangen und gleich in die Luft geflogen sei und jetzt tot daliege. Alle grinsten bei dieser Nachricht, und jemand sagte, er wäre bereit zu wetten, daß die Faschisten nicht kämen. Es gab einen, der bereit war, dagegen zu wetten, aber er hatte keine Zeit dazu, weil, während es vom Campanile in Alba fünf schlug, auf dem Fluß ein Lärm losbrach, daß man nicht wußte, ob es Menschen waren oder die Erde oder Gott, der Lärm, mit dem jede Schlacht beginnt, und vom Hügel der Biancardi machte das Maschinengewehr der Partisanen pumm pumm, man sah, wie sich ihre fliegenden Geschosse in die Pappelwäldchen am Fluß bohrten und weiter nichts.

Die Faschisten hatten den Fluß auf der Hängebrücke von Pollenzo mit der gesamten Infanterie überquert, und in der Nähe der Stelle, wo sie an Land gingen, hatte sich eine Patrouille von vier Partisanen, vom Auf- und Abgehen müde geworden, in eine Fischerhütte zurückgezogen, wo sie im Lichtschein einer Lampe ein paar

Pokerrunden spielten. Sie kamen an, gaben keine Erklärungen ab, brachten sie um, mit den Karten noch in der Hand.
Über Alba heulte die Stadtsirene, und die Partisanen in den Gräben regten sich über diesen unnötigen Lärm auf und riefen in Richtung Kommando Piazza, als ob dieses sie von da unten aus hören könnte: »Keine Sorge, wir haben gehört, keine Sorge, wir sind in Alarmbereitschaft!«
Sie fühlten sich wesentlich besser als in der Nacht, und alle beobachteten aufmerksam und ernst die Flugbahn ihrer Kanone, die Rauchwölkchen der Mörsergeschütze der Faschisten, die einen Schuß über den anderen setzten, wie viele Treppenstufen, um auf die Höhe des Hügels der Biancardi zu gelangen, und stellten absolut vernünftige Vermutungen an. Ein Schauspiel, das ihre ganze Aufmerksamkeit in Anspruch nahm, und es war schade, daß eine Stafette kam und sie mit einer Verlegung störte, indem sie ihnen erklärte, es sei nicht mehr nötig, über die Uferböschungen zu wachen, und alle müßten sich jetzt zur San Casciano-Linie begeben, die senkrecht zur Straße zwischen Gallo und Alba verlaufe, welche offensichtlich die Angriffsrichtung des Feindes war. In dem Augenblick, als sie sich in Bewegung setzten, fing es an zu regnen, ein gewaltiger Regen, der die Erde in einem Maß aufweichte, daß sie, als man nach nicht mehr als zehn Minuten Wegs ankam und die Maschinengewehre ablegte, unter den Dreibeinen nachgab.
Dies war die Hauptlinie, und sie verlief haargenau an der Umfassungsmauer des Bauernhauses von San Casciano. Aus dem großen Fenster des Türmchens auf dem Bauernhaus beugte sich ein Kommandeur mit einem Feldstecher auf der Brust heraus und rief den Neuankömmlingen zu: »Denkt dran, hier wird nicht geschossen, wenn ich es euch nicht sage.« »Und raucht

nicht, ihr verantwortungslose Bande!« brüllte er diejenigen an, die, obwohl sie ihm aufmerksam zuhörten, zu rauchen angefangen hatten, mit gewölbten Händen über der Zigarette, damit der Regen sie nicht durchnäßte.

Alle behielten die Flugbahn der Kanone von der Villa Biancardi im Auge, überzeugt, daß sie eine gute Arbeit leistete und die Faschisten um diese Stunde bereits gerupft waren. Von Zeit zu Zeit untersuchten sie den Erdboden vor sich und bewegten unaufhörlich die Füße, damit diese im entscheidenden Augenblick nicht im Schlamm steckenblieben, der mehr und mehr wurde, so als wäre Hefe in ihm.

Plötzlich schrägte die Kanone ihre Schußrichtung schreckenerregend ab, versuchte den Fuß ihres Hügels zu treffen, und im Graben von San Casciano sagte ein offensichtlich erfahrener Partisan: »Das bedeutet, daß sie unbemerkt unter ihr aufgetaucht sind.« Die Kanone feuerte noch eine lang anhaltende, irrsinnige Salve ab, dann schwieg sie. Nach zwei Minuten waren alle überzeugt, daß es an der Villa Biancardi endgültig zu Ende war, nicht einmal die Mörsergeschosse knallten mehr am Abhang des Hügels.

Es fehlte nur noch wenig bis sieben, und der erfahrene Partisan sagte: »Na! Jetzt kommt die Kanone von Castelgherlone zum Zug.« Alle blickten nach Castelgherlone, einer großen rustikalen Villa auf dem Hang zur Linken: Man sah das gedrungene Rohr der Kanone eine Handbreit aus dem Spitzbogenfenster des Turms hervorschauen. In San Casciano zeigte sich der Kommandeur mit dem Feldstecher am Fenster und sagte: »Wir sind dran«, sonst nichts.

Aber sie warteten eine ganze Weile, die Schwarzhemden waren nicht zu hören, und da sie sie nicht hörten, hofften die Partisanen, sie wenigstens zu sehen. Aber sosehr sie ihre Augen in diesem Regen und diesem

Grün auch anstrengten, sie sahen sie nicht. Bis bald darauf jemand, der sie trotz äußerster Anstrengung nicht ausmachen konnte, daran dachte, sich umzudrehen und zu sehen, ob sie nicht vielleicht schon hinter ihm waren. Doch keine Spur, es sah so aus, als hätten sie sich aus der Ebene zurückgezogen, um sich vor dem gewaltigen Regen in Sicherheit zu bringen. Denn es regnete wie beim Anbeginn der Welt, und die Waffen setzten zusehends Rost an.
Für die Partisanen, die schon anfingen, sich gegenseitig anzusehen, war es eine Erleichterung, als sie irgendwann die Kanone von Castelgherlone das Feuer eröffnen hörten. Eine dichte Folge, und ihre Geschosse schlugen ziemlich schräg in die Ebene ein. Aus dem Einschlagwinkel berechneten sie, daß die Truppen der Republik von Salò nicht weiter als dreihundert Meter entfernt sein konnten. Daraufhin brachten sie sich und die Waffen in Stellung, zwangen ihre Augenlider, nicht zu zucken, sahen starr nach vorne, und mit bis zum Schmerz angespannten Ohren warteten sie darauf, daß vom großen Fenster aus der mit dem Feldstecher irgend etwas sagte. Er sagte aber auch weiterhin nichts, bis ein Minderjähriger den Kopf verlor und schoß, und fünf, sechs weitere machten es ihm nach, im Gras mit den Waffen in Kniehöhe, auf niemanden zielend.
Die Antwort kam auf der Stelle und unmittelbar, wie das Herumschnellen eines scheinbar schlafenden Hundes, dem man auf den Schwanz getreten hat: Eine große, dichte und geordnete Salve schoß in einem Meter Höhe über den Erdgraben von San Casciano hinweg und prallte gegen die Friedhofsmauer.
Diesmal waren sie da, genau vor ihnen, und sie zogen sich aus der weichen Erde hoch und schossen mit allen Waffen, weil ihre Visiere vom Schlamm verdreckt waren. Jetzt endlich sah man sie, grün und glänzend wie Smaragdeidechsen, jeder mit seinem Stahlhelm, und

der erste mußte ein Offizier sein, er stand kerzengerade und fuhr sich mit einer Hand übers Gesicht, um sich den Regen abzuwischen. Einen Augenblick später stand er immer noch kerzengerade, doch seine beiden Hände reichten nicht mehr aus, um das Blut zu stoppen, das an vielen Stellen aus seiner Uniform quoll.
Hier gab es amerikanische Maschinengewehre, dort deutsche, und gemeinsam machten sie den größten und lang anhaltendsten Lärm, den die Stadt Alba bis dahin gehört hatte. Ungefähr vier Stunden lang, das heißt so lange, wie die Partisanen San Casciano hielten, pfiff in beide Richtungen ein Kugelwind, der sämtliche Bäume entfleischte, sämtliche Hecken zerfetzte, sämtliche Schilfbüsche flach machte und natürlich auch Tote forderte, allerdings nicht viele, eine Zahl, die nicht im entferntesten eine Vorstellung von der Schlacht vermittelt.
Von sieben Uhr an bis nach elf nagelten so die Dilettanten aus dem Graben die ersten Scharfschützen der Republik von Salò regelrecht fest, Männer, die auf das Trillern einer Pfeife hin nach vorne sprangen und sich dann duckten und umgekehrt, dressierte Angreifer.
Kurz nach elf, während einer Pause, die die Faschisten sich zu gönnen schienen, sahen die unten bei San Casciano, daß sich zwischen den Bäumen von Castelgherlone ein Partisan zeigte und ihnen mit den Armen verzweifelte Zeichen hinüberschickte. Als er sah, daß die da unten ihn nicht verstanden, stürzte er sich den Hang hinunter, während die Faschisten, wohl um ihn aufzuhalten, wieder zu schießen anfingen. Dieser Partisan kam im Schlamm angerutscht und sagte, daß sich die Truppen der Republik von Salò, weil sie in der Ebene nicht weiterkamen, auf den Hügel genau gegenüber von Castelgherlone verlagert hätten und, nachdem sie es eingenommen hätten, von der Höhe aus San Casciano umzingeln würden. Alle sollten auf den Hügel und sich

beeilen, zum Appell beim Gehöft Miroglio, weil sie Castelgherlone jeden Augenblick aufgeben würden. Er kletterte wieder hinauf, die Partisanen sprangen aus dem Graben, machten sich bereits mit langen Schritten im Schlamm in Richtung Hügel auf, ohne aufeinander zu warten, einigen glitten die Munitionskisten von den Schultern, aber sie blieben nicht stehen, um sie aufzuheben, und die, die folgten, taten so, als sähen sie sie nicht.

Der Hang am Gehöft Miroglio ist ziemlich steil, die Füße rutschten auf der Erde wie auf Wachs, einziger Halt war das durchnäßte Gras. Einer von den ersten rutschte aus, verlor im Handumdrehen zehn Meter, für die er zehn Minuten gebraucht hatte, stieß gegen die Beine der Nachfolgenden, die ihm ausweichen wollten und dabei das Gleichgewicht verloren. So fielen sie scharenweise hin und beschimpften sich gegenseitig. Einer, der drei- oder viermal versucht hatte hinaufzuklettern, aber immer wieder herunterrutschte, rannte durch die Ebene weg in Richtung Stadt und war für die Verteidigung verloren.

Sie erreichten die Tenne des Gehöfts und waren mit Schlamm bekleidet und beschuht. Am Gehöft Miroglio befanden sich der Kommandant la Piazza, ein funktionierendes Feldtelefon und die vor Angst benommenen Landarbeiter, die mechanisch Eimer mit Wasser zum Trinken hinhielten.

Gekrümmt marschierend, trafen durch den Weinberg die Männer der Kanone von Castelgherlone ein. Doch die große Waffe war nicht bei ihnen, sie hatten sie zurückgelassen, weil ein wesentliches Teil kaputtgegangen war. Als die anderen dies sahen, fühlten sie, wie sich ihr Herz zusammenschnürte, als würden sie, wenn sie umherblickten, bereits hundert weniger sehen.

Es war Mittag, die einen zeigten sich mit den Waffen an den Fenstern, andere postierten sich hinter Bäumen, wieder andere in den entlaubten Reihen des Weinbergs. Und sie schossen auf die Republik von Salò, wenn sie aus dem Grün von Castelgherlone hervorkam. Eine Mörserladung traf genau das Dach, und der First fiel als Staub auf die Tenne herunter. Ein Partisan trat vom Fenster zurück, um eine Landarbeiterin vom Boden aufzuheben, die ohnmächtig hingefallen war.

Sie verteidigten das Gehöft Miroglio und, hinter ihm, die Stadt Alba für weitere zwei Stunden, mitten in diesem Feuer und diesem Regen. Jede Viertelstunde verließ der Adjutant das Telefon, beugte sich hinaus und rief: »Haltet durch, Verstärkung ist im Anmarsch!« Aber bis zum Ende war sie nur am Telefon im Anmarsch.

Am selben Tag fand in Dogliani, einem großen Ort, zwanzig Kilometer von Alba entfernt, die Herbstmesse statt, und auf der Piazza werden an die tausend Partisanen gewesen sein, die Scheibenschießen veranstalteten, Mädchen belästigten, tranken und es mit großer Leichtigkeit fertigbrachten, den Lärm der Schlacht von Alba nicht zu hören.

Die auf diese Weise um zwei Uhr am Nachmittag des 2. Novembers 1944 verloren wurde.

Es war der Kommandant la Piazza, der das Zeichen zum Rückzug gab, er feuerte eine rote Rakete ab, die am gußeisernen Himmel eine heitere Kurve beschrieb. Es schien, daß auch die Faschisten über dieses Signal auf dem laufenden waren, denn sie stellten sofort das Feuer ein und ließen nur noch ein paar verirrte Schüsse los.

Alle hatten sie bereits Waffen und Kisten auf den Schultern, aber sie konnten sich nicht entschließen, sie streiften über die Tenne, einfach so, völlig ungedeckt. Sie dachten, Alba sei verloren, daß es aber einen großen Unterschied mache, ob es um drei oder vier oder auch noch später, statt um zwei verlorenginge. So daß der Kommandant gezwungen war zu brüllen: »Rückzug,

Rückzug, sonst umzingeln sie uns alle!« und hinter den langsamsten herlief, wie Lehrerinnen bei Kindern in der Grundschule.
Sie stiegen den Hügel hinunter, viele weinten, viele fluchten und schüttelten den Kopf beim Anblick der Stadt, die dort unten wie eine menschliche Kreatur zitterte.
Einer nahm sich, ohne stehenzubleiben, eine Handvoll Schlamm und strich sie sich heimlich ins Gesicht, so, als gäbe es nicht schon genügend Hinweise dafür, daß es hart gewesen war. Der Weg des Rückzugs führte dort vorbei, wo die Stadt aufs Land hinausgeht: Dort gab es noch viele Häuser, und man hoffte, daß Leute da wären, Frauen und Mädchen, die sie sahen, und zwar so sahen. Doch als sie dort hinkamen, war auf dem Viale del Santuario in seiner ganzen Länge keine Menschenseele zu sehen, und das war einer der härtesten Schläge an diesem furchtbaren Tag. Nur aus einer kleinen Tür trat eine über fünfzigjährige Frau heraus, und als sie sie so sah, brach sie in Tränen aus und sagte »Tüchtig« zu jedem, während sie an ihr vorbeigingen, bis hinter einem Fenster der Mann sie mit wütender Stimme zurück ins Haus rief.
Sie überquerten den Viale del Santuario, gingen gegen das Wasser an, das die kleine Straße hinunterfloß, und machten sich daran, den Hügel von Belmondo zu erklimmen, der die erste Stufe zu den Langhe ist. Auf halber Höhe blieben sie stehen und drehten sich um, um unten die Stadt Alba zu betrachten. Der Campanile der Kathedrale zeigte zwei Uhr zehn an. Ein arrogantes Geräusch drang bis zu ihnen herauf, und als sie auf die Via Piave schauten, sahen sie zwischen den Häusern zwei Panzerwagen vorbeifahren, und dann nochmals zwei, und aus jedem schaute ein behelmter Kopf. Oh, sieh nur, da hatten sie Panzer und haben sie nicht mal eingesetzt.

Die Partisanen stiegen weiter hinauf, es hatte aufgehört zu regnen, die Faschisten rückten ein und gingen persönlich hin, um die Glocken für sich zu läuten.

Ettore geht zur Arbeit

Auf dem Küchentisch stand ein Fläschchen mit einem Einreibemittel, das sein Vater jeden Abend auftrug, wenn er aus der Werkstatt kam, ein ölverschmierter Teller, die Salzschüssel … Ettore kam herein und sah seine Mutter an.

Sie kochte am Gasherd, er betrachtete eine Weile ihre unförmigen Hüften, ihre Plattfüße; als sie sich vorbeugte, hob sich ihr Rock hinten in die Höhe und ließ die breiten Gummibänder gleich über dem Knie zum Vorschein kommen.

Ettore liebte sie.

Ettore hörte auf zu rauchen und warf die Kippe weg, wobei er den kleinen Haufen Sägespäne auf dem Boden neben dem Herd anpeilte. Doch sie fiel vorher, neben den Fuß der Mutter. Sie beugte sich herunter, um sie zu betrachten, dann richtete sie sich vor dem Gasherd wieder auf.

»Was gibt es da zu sehen?« fragte er mit gefährlicher Stimme.

»Ich wußte nicht, was da neben mir hingefallen ist.« Sie redete gleichgültig.

»Ich kenn sie ganz genau, deine Art zu schauen. Mach sie aus!« schrie er.

Die Frau sah ihren Sohn fest an, mit hochgezogener Stirn, dann senkte sie ihren Blick und trat mit dem Fuß auf die Kippe.
»Aus«, sagte sie, und dann: »Es ist nicht gesund, so viel zu rauchen.«
Ettore schrie: »Du bist ein Judenweib! Du denkst doch gar nicht an meine Gesundheit, du denkst an dein Geld. Ich könnte schwindsüchtig werden vom Rauchen, und dir, dir würde das nichts ausmachen, es ist das Geld, das die Zigaretten kosten ... du bist ein Judenweib!«
Sie senkte den Kopf und sagte nichts weiter, seufzte nur in einer Weise, die ihr die ganze Brust vorwölbte.
Jetzt wartete er darauf, daß sie reden würde, aber sie blieb still, er, mit weit vorgeschobener Unterlippe, sah ihr zu, wie sie mit unnatürlicher Aufmerksamkeit eine Kartoffel schälte, in ihm kochte es, es kam ihm vor, als wäre sie ihm überlegen, indem sie schwieg.
Er stand auf und fing an, in der Küche hin und her zu gehen. Jedesmal, wenn er an ihr vorbeikam, blieb er mit einer unmäßigen Lust, sie zu provozieren, ihr in den Rücken zu boxen, stehen. Er tat es nicht, aber als er zum letzten Mal hinter ihr stehenblieb, streckte er einen Arm nach ihr aus und sagte: »Laß mich leben, weißt du.«
»Ich habe nichts gesagt. Was habe ich gesagt?«
Ettore kehrte um. »Es ist das, was in deinem Kopf vorgeht ... Was geht in deinem Kopf vor, jedesmal, wenn du siehst, daß ich eine Zigarette anzünde? Dich überkommt die Lust, mit einem Hammer auf mich einzuschlagen, ich weiß es doch! Für dich darf nur der rauchen, der sich den Tabak auch verdient.«
»Nie hab ich so was gesagt.«
»Aber du denkst es. Sag doch, daß du es denkst!« Er ging mit erhobenen Händen auf sie zu. »Gib doch zu, daß du es denkst!« schrie er.
Seine Mutter ließ die Kartoffel fallen und drehte sich mit dem Messer in der Hand zu ihm um. »Bleib stehen!«

Er blieb stehen, und sie sagte: »Bleib, wo du bist. Mir jagst du keinen Schrecken mehr ein, die Zeit ist vorbei, wo du mir einen Schrecken eingejagt hast.«
Ettore lachte. »Du erschreckst dich doch schon, wenn ich dir den kleinen Finger unters Kinn schiebe. Sieh dich vor, ich tu's.«
Unversehens, mit jugendlichem Schwung, machte sie einen Schritt zur Seite, wich zwischen ihm und dem Herd aus und lief »Carlo! Carlo!« schreiend zur Tür. Er aber holte sie ein, stellte sich vor sie, versperrte ihr mit seinem Körper die Tür. Dann stieß er sie mit vorgewölbter Brust und seinen Schultern zurück an den Gasherd. »Ganz sinnlos, diesmal wird er dich nicht hören, diesmal wird es dir nicht gelingen, meinem Vater deine Geschichten zu erzählen und ihn anzustacheln, mich zu verdreschen und zu verwünschen.« Er imitierte die kreischende Stimme, mit der sie ihren Mann gerufen hatte. »Ganz sinnlos, jetzt sprechen wir uns aus, du und ich, wir klären die Sache ganz allein unter uns, zwischen Mutter und Sohn«, und er lachte.
Die Mutter hatte die Kartoffel wieder in die Hand genommen und schälte sie fertig.
»Also, was hast du gegen mich?«
»Gar nichts.«
»Lügnerin! Was hast du gegen mich?«
»Ich bin deine Mutter. Ich kann gar nichts gegen dich haben.« Sie hatte sich umgedreht und machte die Geste eines Verteidigers, streckte die Handflächen vor, wie zum Beweis.
Ettore schüttelte wütend den Kopf, und mit geschlossenen Augen schrie er: »Was hast du gegen miiich?«
»Ich hab gegen dich, daß du nicht arbeitest!« rief sie und kauerte sich in die Ecke am Gasherd.
Er aber blieb unbeweglich in der Mitte der Küche stehen, nickte nur mit dem Kopf und machte ein langes: »Ah.«

»Ich hab gegen dich, daß du zweiundzwanzig bist und nicht arbeitest«, sagte sie.
»Also hast du was gegen mich, weil ich nicht arbeite und dir nicht ein paar dreckige Kröten nach Hause bringe. Ich verdiene nichts, aber ich esse, ich trinke, ich rauche, und sonntags abends geh ich tanzen, und montags morgens kaufe ich mir die Sportzeitung. Deshalb hast du was gegen mich, weil ich, ohne was zu verdienen, all das haben will, was die haben, die es sich verdienen. Du verstehst nur das, alles andere nicht, alles andere verstehst du nicht, willst du nicht verstehen, weil es wahr ist, aber gegen deine Interessen verstößt. Ich komm mit diesem Leben nicht zurecht, und du verstehst das, aber es ist dir egal. Denk immer daran, daß ich den Krieg mitgemacht habe, und der Krieg hat mich verändert, er hat mir die Gewöhnung an dieses Leben hier ausgetrieben. Und jetzt tu ich den ganzen lieben langen Tag nichts, weil ich versuche, mich wieder daran zu gewöhnen, ich hab nichts anderes im Kopf. Das ist es, was du kapieren mußt, was du aber nicht kapieren willst. Doch ich sorg schon dafür, daß du es kapierst!«, und er holte wieder mit dem Arm gegen sie aus.
Sie sagte: »Ich verstehe, daß du keine Lust zum Arbeiten hast, das seh ich doch mit meinen Augen. Warum hast du die Arbeit im Betrieb aufgegeben?«
»Die schöne Arbeit, die sie mir im Betrieb gegeben haben! Du weißt doch, warum ich sie aufgegeben habe, das hab ich dir doch gesagt, das hab ich dir doch ins Gesicht geschrien, bei so einer Gelegenheit. Weil es keine Arbeit für mich war, du hast doch gesehen, was für eine Arbeit sie mir gegeben haben.«
Sie verneinte und schürzte die Lippen.
»Du weißt doch, was sie mir für eine Arbeit gegeben haben«, brüllte er, »denn du bist doch einmal hingekommen, um zu spionieren, ob ich auf der Arbeit bin oder am Fluß, beim Schwimmen.«

»Das hast du wohl geträumt.«
»Lügnerin, du bist eine verdammte Lügnerin!« brüllte er, und die Mutter senkte den Kopf. »Ich mußte den Beton von der Betonmischmaschine dahin bringen, wo er gebraucht wurde, den ganzen lieben langen Tag, den ganzen lieben langen Tag hin und her mit dem Karren. Als Partisan hab ich zwanzig Männer kommandiert, das war keine Arbeit für mich. Der Vater hat es kapiert, als ich's ihm erklärt habe, und er hat mir nichts gesagt, weil er ein Mann ist und ...«
»Dein Vater ist ein armseliger Dummkopf!«
»Verdammt, sag nicht, daß mein Vater ein Dummkopf ist!«
»Ich kann über deinen Vater sagen, was mir paßt, alles, wozu ich Lust habe, ich bin die einzige, die das kann. Dein Vater ist ein Dummkopf, er ist blind, und du wikkelst ihn ein, wie es dir gefällt, deshalb hast du nie was gegen ihn. Dafür läßt du alles immer an mir aus, weil ich nicht dumm bin, mich wickelst du nicht ein, denn ich weiß schon, was du sagen willst, noch bevor du es gesagt hast, mit mir machst du das nicht, und deshalb hast du immer was gegen mich!« Sie war wie berauscht vor Stolz, fast tanzte sie mit den Händen auf ihren Hüften.
Ettore sagte zu ihr: »Du bist schlau, ja, du bist intelligenter als er, an Intelligenz steckst du ihn in die Tasche, aber ich ziehe ihn vor, ihn, den du als Dummkopf bezeichnest. Ich ziehe ihn vor, ihn mag ich lieber als dich, und wenn man mich vor die Frage stellen würde, wen von euch beiden ich sterben lassen würde, dann würde ich dich gehen lassen, ohne auch nur eine Minute darüber nachzudenken.«
Ettore und seine Mutter wurden bleich im Gesicht, und beiden fielen die Arme herunter.
Dann stürzte Ettore auf seine Mutter zu, faßte sie an den Schultern, verbarg sein Gesicht in ihren alten Haa-

ren, sie wehrte sich und stemmte ihre Knie gegen ihn, sie schrie: »Laß mich, faß mich nicht an, verschwinde, ich will dich nie wiedersehen!«, und dann fing sie an zu weinen, ihre Tränen fielen auf seinen entblößten Hals, aber sie wehrte sich immer noch, er drückte sie fester, sie waren drauf und dran, das Gleichgewicht zu verlieren. Ettore richtete sie beide mit einem Ruck auf und rief: »Laß dich umarmen, tu dir nicht weh, sei ruhig, ich laß dich doch nicht gehn, ich will dich festhalten, beweg dich jetzt nicht mehr.«
Endlich saß sie still da, weinte noch immer, ihre Haare rochen nach Petroleum, ihr Kleid roch nach Waschtrog. Er sagte zu ihr: »Warum haben sie mich nicht umgebracht? Schließlich haben sie von vorn und von hinten auf mich geschossen, doch umgebracht haben sie mich nicht!«
Sie schüttelte den Kopf und versetzte ihm dabei einen heftigen Stoß gegen die Wange. »Ach, Ettore, sprich nicht so, sondern geh arbeiten, mach irgendeine Arbeit, sei nicht blind, glaub mir und schrei mich nicht an, wenn ich dir sage, daß wir so gut wie auf der Straße sitzen. Dein Vater schafft es nicht mehr mit seinem Beruf, und ich hab keine andere Arbeit als die im Haushalt und bin leberkrank. Wenn du nicht zu arbeiten anfängst, dann werden wir nicht nur nichts mehr zu essen, keine Wohnung und nichts anzuziehen haben, wir werden auch unsere Seele verlieren, weil wir voller Haß sein werden.«
»Laß mich nur machen, Mutter, ich überleg mir schon was, ich bring dir Geld nach Hause, ich schwör's dir.«
»Aber verlier keine Zeit, Ettore, fang an, uns ein bißchen zu helfen, verschaff uns gleich ein bißchen Luft, verkauf die Waffen, die du aus dem Krieg mitgebracht hast.«
Er schüttelte seinen Kopf gegen ihren Kopf. »Hab's schon versucht, beim Waffenhändler in der Via Maestra, aber

er kauft sie mir nicht ab, sie sind zu groß, er sagt, sie sind unverkäuflich.«
»Was sollen wir machen, Ettore?«
»Wir machen das schon. Mama, verzeih mir.«
»Ja.«
»Nein, sag's mir richtig.«
»Ich verzeih dir.«
»Und sag Vater nichts davon, er soll heute abend heraufkommen und sich keine Gedanken machen müssen.«
Als er das Haus verließ und an der Werkstatt seines Vaters vorüberging, war dieser im Inneren verschwunden, man sah nur seine vollen Schultern, die Ettore von ihm geerbt hatte, er polierte ein Möbelstück, inmitten des Geruchs von Säuren, die er verwendete.
»Brauchst du Hilfe?«
Sein Vater drehte sich nur ein wenig um, schüttelte den Kopf, sagte, während er sich schon in Bewegung setzte: »Sei nur rechtzeitig zum Abendessen zurück, heut abend will ich früh essen und gleich schlafen gehen.«
Ettore machte sich auf den Weg, die Straße hinunter, er wollte beim Pelotaspiel auf dem großen Innenhof hinter dem Hotel Nazionale zuschauen. Er mochte Pelota, sei es wegen der Schönheit des Spiels, sei es, weil immer viele Menschen da waren, die zuschauten und Wetten abschlossen, Müßiggänger, alte und junge, und bei so vielen und mitten unter ihnen hatte Ettore das Gefühl, nicht im Unrecht zu sein.
Doch als er näher kam, hörte er weder den Klang der an die Mauer geschlagenen und zurückprallenden Kugel noch die Stimmen und das Getrampel der erregten Zuschauer.
Vom Tor aus sah er, daß der Turnierplatz menschenleer war, in der Mitte stand eine Frau, die Wäsche wusch, neben ihr ein Kind, das auf einem umgedrehten Bottich saß.

Er trat auf den Turnierplatz, als wollte er es immer noch nicht glauben. Das Kind kaute auf einem Bonbon und einem Stück Brot. »Heute wird nicht gespielt«, sagte das Kind.
»Seh ich«, antwortete er mit grimmigem Gesicht, als würde er mit einem Mann reden, der ihn wütend gemacht hat.
Er kehrte zur Straße zurück, den Spielplatz menschenleer zu sehen, wirkte auf ihn wie ein Verrat.

»Ist Vater schon oben, denn die Werkstatt ist zu?« fragte Ettore an einem anderen Abend.
»Er ist wegen einer Angelegenheit weggegangen«, sagte seine Mutter. Sie wußte zu dieser Zeit bereits alles, sagte sich Ettore später.
»Was hast du gemacht?«
»Milchsuppe.«
»Gut so«, sagte Ettore zu seiner Mutter und ging zum Küchenschrank. Darauf lagen zwei Schachteln mit Spritzen, sie waren schön, anziehend, farbig und mit Zellophan umhüllt wie ausländische Zigarettenschachteln.
Seine Mutter hatte sich bereits nach ihm umgedreht. Sie sagte: »Schau mal hinten drauf, wieviel sie kosten. Aber willst du etwa, daß ich nichts tue, willst du, daß ich die Leber verfaulen lasse, nur um kein Geld auszugeben?«
Er ärgerte sich. »Aber sicher mußt du was tun, wer spricht denn von Geld bei solchen Sachen? Verstehst du, das, was einen müde macht bei dir, was einen die Geduld verlieren läßt, ist dein Laster, auch Dinge sagen zu wollen, die besser ungesagt blieben. Ich hasse dieses Laster, es bringt mich in Wut.«
Sie drehte sich wieder zum Gasherd um. Er strich mit der Hand über den Tischrand. »Willst du, daß ich den Tisch decke?«

»Das mach ich schon.«
Ettore steckte die Hände in die Tasche und trat zur Seite, um seine Mutter an den Küchentisch zu lassen.
»Wohin bekommst du die Spritzen?«
»In den Arm.«
Ettore wollte sie fragen, ob sie ihr weh taten, aber dann fragte er doch nicht.
Sein Vater kehrte zurück, als der Tisch bereits seit zehn Minuten gedeckt war. Ettore hatte ihn von der ersten Treppenstufe an gehört und spürte, daß sein Schritt leichter war als an den anderen Abenden, vielleicht nahm er bei einigen Stufen zwei auf einmal.
Und als er eintrat, hatte er ein Lächeln auf den Lippen. Ettore zog die Hände aus den Hosentaschen und betrachtete das neue Gesicht seines Vaters, ihm war, als würde er seiner Frau am Gasherd ein Ja zunicken.
»Was ist los, hast du einen großen Auftrag bekommen?« fragte Ettore.
»Es betrifft dich«, antwortete sein Vater, »und es ist besser als ein großer Auftrag für mich. Setzen wir uns zu Tisch, reden wir im Sitzen miteinander.«
Bei Tisch erfuhr Ettore, daß für ihn ein Arbeitsplatz in der Schokoladenfabrik gefunden worden war und daß er dafür dem Cavaliere Ansaldi dankbar sein müsse.
Seine Mutter sagte sofort: »Also, achte immer darauf, daß du den Cavaliere Ansaldi grüßt, wenn du ihn auf der Straße siehst.«
Ettore wollte zu ihr herumschießen und sie anschreien: »Du hast es gewußt! Warum hast du es mir dann nicht gesagt? Wolltest du mir eine schöne Überraschung bereiten?«, dachte dann aber, sie könnte ihm antworten, daß es ja nicht sicher gewesen sei und sie nur deshalb nichts gesagt habe, und damit wäre sie aus dem Schneider und würde die Enttäuschung in seiner Seele nur verschlimmern. Und außerdem redete sein Vater, er redete und redete.

»Und beachte, du wirst dort kein Arbeiter sein«, sagte sein Vater, »sondern Angestellter. Ich hab dem Cavaliere gesagt, daß du zwar keine große Schulbildung hast, aber intelligent bist, und er hat mir gesagt, das wüßte er bereits. Du wirst dort Frachtbriefe ausstellen, das sind Speditionspapiere für die Eisenbahn. Für diese Arbeit wirst ganz allein du und kein anderer zuständig sein, und es ist keine sitzende Arbeit, denn du mußt oft zum Bahnhof gehen, zur Güterabfertigung.«
Ettore hatte noch nichts gesagt, er spürte, daß seine Mutter ihn seit fünf Minuten von hinten anstarrte, er sah ihren besorgten, harten Mund genau vor sich wie in einem Spiegel.
»Gefällt dir das?« fragte ihn sein Vater.
»Es muß ihm gefallen«, sagte seine Mutter.
Ettore schoß die Wut in jeden Gesichtsmuskel, aber er sagte nichts. Sein Vater sah es und sagte zu ihr: »Sprich nicht in diesem Ton. Am besten, du sagst gar nichts. Laß uns Männer reden.«
»Euch Männer!«
Sein Vater schrie: »Was hast du gegen uns? Steck deine Nase in deinen Kochtopf und hol sie da nie mehr heraus. Deshalb hab ich dich geheiratet, wenn du's wissen willst!«
Sie kam mit gesenkten Augen, aber unbeherrschtem Mund zum Tisch. »Iß, Carlo«, sagte sie ruhig zu ihrem Mann und stellte den Teller mit Milch vor ihn hin.
Sein Vater begann das Brot zu brocken und sagte: »Du ziehst den besten Anzug an, den du hast, du bist schließlich kein Arbeiter, bei dem der zerschlissenste Anzug immer noch gut genug ist. Und rasier dich von heute abend an.«
»Ist nicht morgen früh noch genug Zeit dazu?«
»Mach's, wann du willst, ich hab heute abend gesagt, weil ich dachte, daß du morgen früh Zeit haben willst, dich richtig herzurichten.«

»Herrichten wofür?« sagte Ettore, ohne vom Teller aufzublicken.
»Um zur Arbeit zu gehen.«
Seine Mutter sagte: »Ettore hat noch immer nicht gesagt, ob er zur Arbeit geht oder nicht.«
Sein Vater lehnte seinen Kopf zurück, wanderte mit seinem Blick von seiner Frau zu seinem Sohn.
Ettore sagte rasch: »Natürlich gehe ich.«
»Was fällt dir ein, so etwas zu sagen?« fragte sein Vater laut seine Mutter.
Ettore entschloß sich, kein Brot mehr in die Milch zu brocken, sondern sie zu trinken, auf diese Weise würde er das Gesicht bis über die Augen verdecken und hinter diesem Schutz nachdenken. Er fand in sich nichts, um diesen Mechanismus von Tatsachen und Worten, der ihn am nächsten Tag zur Arbeit schleppen würde, zum Stillstand zu bringen, ihm fiel nichts ein, noch nie war er so überrumpelt worden, nicht einmal im Krieg.
Als er die Milch ausgetrunken hatte, sagte Ettore: »Was versteh ich denn schon von Frachtbriefen?«
»Das bringen sie dir bei. Sie sagen, du würdest es schon am ersten Morgen lernen. Sie setzen dich neben einen Angestellten, der es dir beibringt, ein tüchtiger Junge.«
»Wer ist es?«
»Ich weiß es nicht.«
Kauend sagte Ettore jäh zu seiner Mutter: »Was siehst du mich so an?«
»Darf ich dich denn nicht ansehen?«
»Sieh mich nicht an.«
»Ich hab nicht dich angesehen, sondern den Teller vor deinem Gesicht.« Dann sagte Ettore zu ihr: »Gib mir Obst, wenn welches da ist.«
»Kannst du nicht warten, bis dein Vater mit Essen fertig ist? Willst du, daß er im Galopp ißt, um gleichzeitig mit dir beim Obst anzulangen?«

Er wurde wütend. »Warum muß Vater unbedingt das Obst zusammen mit mir essen? Was macht es ihm aus, wenn ich schon beim Obst bin, während er noch mit seinem Essen beschäftigt ist?«
»Gib ihm das Obst«, sagte sein Vater.

Er überquerte die Piazza, die früher den Namen des Königs trug, und bog in die Straße der Fabriken ein. Er ging, und ihm kam sein Vater in den Sinn, wie er eine Viertelstunde zuvor an der Türe seiner Werkstatt gestanden hatte. Er war bewegt, als er ihn aus dem Haus und zur Arbeit gehen sah, er hatte Augen wie ein Jagdhund. Sein Vater hatte ihm die Hand entgegengestreckt, und er hatte sie gedrückt, doch während er sie drückte, sah er ihn fest an, so als würde er ihn nicht wiedererkennen. »Bist du mein Vater? Warum bist du dann kein Millionär? Warum bin ich nicht der Sohn eines Millionärs?« Dieser Mann, der vor ihm stand, hatte ihm ein Unrecht zugefügt, indem er ihn als Sohn eines armen Vaters hatte zur Welt kommen lassen, genau so, als wenn er ihn rachitisch oder mit einem Kopf gezeugt hätte, der größer wäre als der ganze restliche Körper.
Dann dachte er an den, der in einer Viertelstunde neben ihm sitzen und ihm beibringen würde, wie man einen Frachtbrief ausfüllt. Er fluchte mit zitternder Stimme.
Im Gehen hatte er in einer Werkstatt einen Arbeiter gesehen, der die Hülle von einer Drehbank abnahm, und dessen Gesicht war nicht traurig, auch nicht müde oder finster. Dann fuhren auf einem Lastwagen die Arbeiter des Elektrizitätswerks vorbei, sie hatten etwas Militärisches an sich mit ihrer blauen Arbeitskleidung und dem Messingknopf an der Mütze, wie sie so geordnet auf dem Rand des Lastwagens saßen. Auch sie kamen ihm nicht traurig, auch nicht müde oder finster vor, vielmehr schienen sie ihm außerordentlich stolz zu sein.

Aber er schüttelte beide Male den Kopf. »Arbeit ist ein schmutziger Trick, genauso wie der Krieg.«
Er gelangte zur Schokoladenfabrik. Schon über zweihundert Arbeiter und Arbeiterinnen waren da: In welche Richtung sie auch blickten, schienen sie alle, wie magisch angezogen, auf das eine Tor zuzustreben.
Ettore hielt sich abseits, er ging zu einem Pissoir und beobachtete von dort aus die Arbeiter, die in Gruppen zusammenstanden, und das noch verschlossene Tor. Von dort, wo er stand, konnte er die hohe Sirene auf einer kleinen Terrasse der Fabrik sehen, es schien ihm, als würde die Luft um das Horn in der Erwartung des Heultons zittern.
Endlich erschienen die Angestellten, acht, zehn, elf insgesamt, sie mischten sich nicht unter die Arbeiter auf dem Asphalt, sie blieben auf dem Bürgersteig.
Er versteckte sich hinter dem Pissoir und beobachtete sie durch die metallischen Löcher. »Ich würde der zwölfte sein«, sagte er sich, begann aber, den Kopf zu schütteln, hörte mit dem Schütteln gar nicht mehr auf und sagte: »Nein, nein, sie ziehen mich nicht mit sich in den Brunnenschacht hinunter. Ich werde nie zu euch gehören, was immer ich auch sonst machen werde, nie zu euch. Wir sind zu verschieden, die Frauen, die mich lieben, können euch nie lieben und umgekehrt. Mein Schicksal wird ein anderes sein als das eure. Ihr bringt mit Natürlichkeit Opfer, die für mich enorm sind, unerträglich, und ich kann kaltblütig Dinge tun, die euch die Haare zu Berge stehen lassen würden, wenn ihr sie euch nur vorstellt. Ausgeschlossen, daß ich zu euch gehöre.«
In den Ausdünstungen, die die schon hochstehende Sonne aus dem Pissoir zog, dachte Ettore, daß die da sich für die acht besten Stunden des Tages zwischen vier Wänden einschlossen, und in diesen acht Stunden ereigneten sich draußen Dinge, in den Cafés und auf

den Ballspielplätzen kam es zu denkwürdigen Begegnungen mit Männern, Frauen kamen an und gingen fort, Züge und Autos, im Sommer der Fluß und im Winter der schneebedeckte Hügel. Die da waren Menschen, die nichts sahen und alles sich erzählen lassen mußten, Menschen, die sogar dann um Erlaubnis bitten mußten, wenn sie ihren im Sterben liegenden Vater oder ihre kreißenden Frauen sehen wollten. Und abends kamen sie aus diesen vier Wänden heraus, mit einem Häufchen Geld am Ende des Monats und einer Spur Asche, die von ihrem Tag übrigblieb.
Er sagte zum letzten Mal nein mit dem Kopf, er würde sich sofort mit Bianco in Verbindung setzen.
Die Sirene heulte, ihr Ton war bescheiden, so bescheiden hätte er ihn sich nicht vorgestellt, von drinnen wurde das Tor geöffnet, zuerst wurden die Frauen verschluckt, danach die Männer, die Männer machten vor dem Eintreten die Zigaretten aus oder stellten sich mit dem Rücken zum Tor, um sie in langen hektischen Zügen aufzurauchen.
Dann die Angestellten. Bevor sie verschwanden, versuchte Ettore sich vorzustellen, wer von ihnen ihm beibringen sollte, wie ein Frachtbrief ausgefüllt wird. Er würde es ihm nicht beibringen, weder heute noch sonst irgendwann auf dieser Erde. »Mein Lieber«, sagte er zu ihnen allen und zu keinem im besonderen, »du hast deine Erfahrung, und ich hab meine. Du könntest mir zwar beibringen, Frachtbriefe auszufüllen, aber ich könnte dir auch was beibringen. Jeder nach der eigenen Erfahrung. Ich hab gelernt, mit Waffen umzugehen, die Leute mit einem Blick zu erschrecken, unbeweglich wie ein Stock vor Leuten auf Knien und mit zusammengefalteten Händen zu stehen. Jeder nach der eigenen Erfahrung.«
Ein riesenhafter Pförtner im schwarzen Kittel kam heraus, sah einmal nach rechts, einmal nach links an den

Fabrikmauern entlang, ging dann wieder hinein und zog einen Torflügel hinter sich zu.
Ettore kam hinter dem Pissoir hervor und ging schnell in Richtung des Cafés Commercio, wo, wie er wußte, Bianco schlief, während aus der Fabrik bereits das Summen der Motoren zu hören war.
Bianco war im Krieg ein Held gewesen, einmal hatte er den Deutschen einen Streich gespielt, wie ihn in Italien und auch in Jugoslawien und in Polen nur wenige den Deutschen gespielt hatten. Jetzt lebte er in einem Reichtum, der alle Industriellen der Stadt in den Schatten stellte. Ettore wußte sehr wohl, wie er ihn verdiente, und das wußten auch ein paar andere, doch nicht so genau wie Ettore. Bianco hielt große Stücke auf ihn als Partisan, und als alles vorbei war, wollte er ihn bei seinen Geschäften um sich haben, er hatte ihm das Angebot eines Abends beim Karneval gemacht, in der Kellerbar der Morra-Brüder, doch Ettore hatte damals nicht angenommen, vielleicht, weil sie beide betrunken waren.
Er betrat das Café Commercio, auf dem Fußboden lagen Haufen von Sägemehl, aber kein Ober fegte es durch das Lokal. Es war schon neun, und noch immer hatten sie nicht mit dem Saubermachen angefangen, allerdings auch deshalb nicht, weil das Café Commercio kein gewöhnliches Lokal war, wo man hineingeht, um bei Ankunft des Siebenuhrzugs eine Schokolade zu trinken.
Bianco schlief noch, aber er wurde wach, hörte ihm zu und gab ihm auch etwas zu rauchen. Zuerst ließ er ihn ein bißchen zappeln, weil er damals nicht angenommen hatte, doch dann sagte er, seine Geschäfte würden sich ausweiten, er brauche Personal und würde ihn ohne weiteres einstellen. Noch am selben Abend würde es Arbeit für ihn geben, er solle die Pistole mitbringen, heute abend würden sie zu einem alten Faschisten

gehen, dem sie seinen Faschismus ratenweise verziehen.
»Bianco, ich brauche zwanzigtausend Lire bis morgen mittag.«
»Wofür?«
»Für meine Mutter, um ihr das Maul zu stopfen.«
»Was hat deine Mutter damit zu tun?«
»Ich muß ihr deutlich zeigen, daß ich für dich arbeite. Oh, sei unbesorgt, ich sage ihr, ich würde in deinem Auftrag und mit deinen Lastwagen Autos von hier zum Hafen von Genua transportieren.«
»Ich geb sie dir schon heute abend.«
Er verließ Bianco: Er war nicht fröhlich gestimmt, aber doch beruhigt, er hatte das Gefühl, er würde schon seit langem arbeiten.
Bei Bianco war er bis zehn, und er mußte sich noch die zwei Stunden vertreiben, die von der Arbeitszeit am Vormittag in der Schokoladenfabrik übrig waren.
Er ging ins Café hinunter und sah zwei Männer vom Land in den Billardraum eintreten. Ein Ober brachte die Billarkugeln und die Malkugel, die beiden zogen die Jacke aus, schoben die Krawatte ins Hemd, behielten den Hut auf, wählten die Stöcke aus, als würden sie die Pistolen für ein Duell auswählen. Das alles, ohne zu reden, ohne sich anzublicken, mit verzogenen Gesichtern wegen des Qualms, der von den unbeweglich an ihrem Mund klebenden Zigaretten in ihre Nase stieg.
Sie spielten die Partie zu zehntausend Lire auf sechsunddreißig Punkte. Ettore schrieb die Punkte auf das Rechenbrett, die beiden ließen ihm einen Aperitif bringen und gaben ihm Zigaretten. Ein- oder zweimal gab es Proteste wegen der Punkte, weil Ettore sich ein bißchen hatte ablenken lassen. Er versuchte, sich das Gesicht des alten Faschisten vorzustellen, das Gesicht, das er jetzt hatte, und das Gesicht, das er heute abend haben würde.

Es war Mittag geworden. Er ging nach Hause. Während des Mittagessens brauchte er seinem Vater nicht einmal Lügen zu erzählen, weil sein Vater ihn nichts fragte. Ettore begriff, daß er ihn abends ausfragen würde, wenn er den ganzen Tag hinter sich und umfassende Eindrücke hätte.

Er aß und stand sofort auf, um wegzugehen.

»Rennst du schon davon?« sagte seine Mutter zu ihm.

»Halt den Mund«, sagte sein Vater zu ihr, »jetzt, wo er arbeitet, kann er alles tun, was er will.«

Im Café spielte er eine Partie Billard und eine Partie Cocincina. Als die Fabriksirenen heulten, fragte er, was es im Kino gebe.

»Höllische Herausforderung.«

»Was für ein Zeug ist das?«

»Ein Western. Ich hab die Plakate gesehen.«

»Dann seh ich mir also diese höllische Herausforderung an«, sagte Ettore.

Doch bis zur Öffnung des Kinos war es noch eine Stunde hin, und er zog sich in eine Ecke des Billardraums zurück, um allein zu sein, nachzudenken und zu rauchen.

Vielleicht war es, weil er in diesen Tagen zuviel geraucht hatte, jedenfalls war ihm nicht wohl ums Herz, er hatte Herzklopfen, er wünschte, er wäre mit seiner Arbeit bei Bianco schon ein bißchen weiter, hätte Geld und könnte seine Alten beruhigen, wünschte, daß der Tag nahe wäre, möglichst nahe, an dem er sagen könnte: »Gott noch mal, wie gut sich die Dinge doch gerichtet haben!« Also, es war an einem Sonntag, der Herbst war noch nicht vorüber, ein Sonntagnachmittag. Er hatte sich festtäglich angezogen und kam aus seinem Zimmer in die Küche. In der Küche saß seine Mutter auf einem Stuhl vor dem Fenster und schaute auf die Dächer des Nachbarhauses.

»Gehst du sonntags nie weg?« fragte er sie.

Sie schüttelte den Kopf.
»Ruhst du dich aus?«
»Ich ruhe die Arme und die Beine aus, aber nicht den Kopf.«
»Was ist mit dem Kopf?«
»Ich denke nach.«
»Worüber denkst du nach, Mutter?«
Seine Mutter hob das Kinn, als wollte sie auf die Spitze eines Berges von Dingen zeigen.
Er trat hinter ihre Schultern und sagte: »Weißt du, Mutter, ich weiß, was du machst. Du läßt uns alle weggehen, dann schließt du dich ein und zählst all das schöne Geld, das ich dir nach Hause gebracht habe.«
Sie schüttelte heftig den Kopf und sagte: »Da gibt's wenig zu zählen.«
»Was?« schrie er.
»Schon gut. Aber zählen tu ich es nicht. Ich weiß, wieviel es ist.«
»Ist es genug? Bist du zufrieden?«
»Es ist genug, ich bin zufrieden, jetzt, wo du deine Männerpflicht erfüllst, aber ich hab immer Angst, daß du aufhörst.«
»Ich hör nicht auf.«
Dann fragte Ettore: »Wo ist Vater hingegangen?«
»Ich weiß es nicht.«
»Ist er in die Osteria gegangen?«
»Dein Vater geht nicht in die Osteria wie die anderen. Er wird auf die Brücke gegangen sein, um sich den Fluß anzusehen. Wohin gehst du, wenn du jetzt weggehst? Gehst du ins Café?«
»Ich geh herum, ich will den schönen Tag ausnützen, es sind die letzten schönen Tage vor dem Winter.«
Seine Mutter sagte zu ihm: »Du gehst mit Vanda aus.«
Er sagte: »Du weißt aber auch alles.«
»Mich führst du nicht hinters Licht.«
»Was hast du gegen Vanda?«

»Nichts hab ich gegen Vanda. Aber sie macht sich unglücklich, wenn sie dich liebt. Armes Kind, sie macht sich unglücklich, das sag ich ihr, die ich deine Mutter bin, ich sag ihr, daß sie sich unglücklich macht, wenn sie dich liebt, sobald ich ihr zum ersten Mal begegne.«
»Ach, sie macht sich unglücklich, weil sie mich liebt? Was denn, wenn du ein junges Mädchen wärst, würdest du mich da etwa nicht nehmen, sag?«
»Nein«, sagte sie kopfschüttelnd und bewegte dabei den Finger hin und her.
Er lachte laut, faßte sie bei den Schultern, während sie weiterhin nein sagte und es durch Gesten andeutete, er koste ein bißchen mit ihr wie mit einem Mädchen, streichelte ihren Hals und streifte mit seinem Mund ganz leicht über ihr Haar. Und dabei sagte er: »Würdest du mich wirklich nicht nehmen? Sofort, sag ich, würdest du mich nehmen. Einen Mann wie mich. Du müßtest nur ein knackiges Mädchen sein und nicht der alte Karren, der du bist.«
Er beugte sich herunter, um sie überraschend mitten aufs Haar zu küssen, doch sie, die weiterhin den Kopf schüttelte, erhielt den Kuß im Nacken. Einen Augenblick lang war sie völlig steif, dann kräuselte sie den Nacken und sagte leise: »Wenn du wüßtest, wie das alles mit den Jahren verfliegt« und schüttelte wieder den Kopf.
Dann sagte Ettore: »Nun, ich laß dich jetzt allein, damit du das Geld zählen kannst.«
Sie zog die Schultern hoch, und als er wegging, dachte er: »Gott noch mal, wie gut die Dinge sich doch gerichtet haben!«
Er ging ins Kino. Der Film gefiel ihm besser, als er erwartet hatte, und so fiel es ihm nicht schwer, ihn ein zweites Mal anzusehen, er mußte bis sechs aushalten. Als er herauskam, war es ungefähr sechs. Er ging langsam nach Hause.

Sein Vater war draußen vor seiner Werkstatt und fing an zu lächeln, als er um die Ecke bog, und er behielt das Lächeln, bis er vor ihm stand.
»Also, Ettore?«
»Was?«
»Deine Arbeit?«
Ettore richtete seinen Blick auf den Vater, atmete schwer und sagte: »Hör zu, Vater, meine Arbeit mache ich und werde sie machen, aber sie gefällt mir nicht und wird mir nie gefallen« und ging nach oben.
Oben sprach er zuerst mit seiner Mutter, fragte sie, ob man früh essen könne. Sie sagte, man würde früh essen, weil sein Vater zu einer Handwerkerversammlung gehen müsse, die um acht Uhr sei.
Seine Mutter fragte ihn nichts über die Arbeit, man sah, daß sie sich nur schwer zurückhalten konnte, ihm Fragen zu stellen, aber ihr fehlte der Mut, sie wußte nicht, welchen Ton sie beim Sprechen anschlagen sollte, sie hatte Angst, daß seine Wut sich entfachen könnte wie ein Streichholz. Er sah nervös aus.
Sein Vater kam herauf und sagte nichts während des Abendessens, er hielt den Blick die ganze Zeit gesenkt, es war, als würde er sich vor etwas schämen.
Nach dem Abendessen ging sein Vater ins andere Zimmer, blieb eine Weile dort, ging dann zur Türe. »Ich gehe«, sagte er zu seiner Frau.
Sie drehte sich nach ihm um, um ihn anzusehen, ihre Augen funkelten vor Verachtung und Verzweiflung, laut sagte sie: »Warum hast du dich nicht umgezogen? Leg wenigstens die Mütze ab und setz den Hut auf. Du gehst zu einer Versammlung. Siehst ja aus wie der schlimmste Lumpenhund.«
»Der bin ich auch«, sagte sein Vater ruhig und ging hinaus. Seine Mutter schloß die Türe hinter ihm mit großer Wucht und sagte dann zu Ettore: »Hast du's gesehen? Der Mann läßt sich gehen, er pflegt sich nicht

mehr, hast du gesehen, wie die Hose hinter ihm herschlottert?«
Durch das Fenster über dem Waschbecken hinausschauend, sagte Ettore: »Laß ihn leben, laß ihn alles machen, was er will, in diesen wenigen Jahren, die er noch zu leben hat, laß ihn einfach alles tun, was ihm in den Sinn kommt. Ich möchte eins, eine Sache würde mir gefallen. Daß mein Vater in diesen letzten Jahren so leben kann, wie er gelebt hat, als er so jung war wie ich, daß er aufhört, dein Mann und mein Vater zu sein, so als hätte er einen Dienst beendet, der dreißig Jahre gedauert hat, und diese letzten Jahre so lebt, als wäre er frei und allein. Verstehst du, was ich will?«
Seine Mutter drehte sich nach ihm um, mit starren Augen und zusammengepreßten Lippen.
»Du bist nur eine Frau«, sagte Ettora da.
Er zündete eine Zigarette an, sie stellte das Geschirr zusammen und ließ das Abwaschwasser einlaufen.
Ettore konnte sich nicht entschließen, er befand sich in dem gleichen Zustand, in dem er war, wenn er ausgehen wollte, um sich zu amüsieren und Geld auszugeben und nicht den Mut fand, sie um Geld zu bitten.
Seine Mutter mußte an das gleiche gedacht haben, denn ohne sich umzudrehen, sagte sie unvermittelt: »Du willst doch nicht etwa schon Geld? Du hast erst heute angefangen zu arbeiten, und Geld hast du noch nicht nach Hause gebracht.«
Da drückte Ettore die Zigarette aus und sagte ruhig: »Ich bin gar nicht zur Arbeit gegangen.«
Sie drehte sich um, sie hielt ihre nasse Hand an die Brust in Herznähe gepreßt. Sie schrie: »Das hab ich kommen sehen! Das hab ich kommen sehen, und trotzdem übersteigt das alles! Du bist ein Wahnsinniger, Ettore, du bist bösartig, ein Verräter, du siehst, wie dein Vater und deine Mutter vor Durst sterben, und du gibst ihnen keinen Tropfen Wasser ...«

»Schrei nicht!« schrie er und sprang auf die Beine, »ich fange heute abend an zu arbeiten. Bei Bianco. Wir beladen einen Lastwagen und bringen ihn nach Genua. Oh, jetzt siehst du schon ganz anders aus. Ich komme morgen zurück und bring dir so viel Geld, wie ich es in der Schokoladenfabrik in einem Monat nicht verdienen würde. Bist du zufrieden?«
Seine Mutter sagte nichts, sie ging zum Abwaschbekken, um das Wasser zuzudrehen; als sie dann zurückkam, sagte sie: »Was für eine Arbeit ist das? Eine gute Arbeit?«
»Was meinst du mit guter Arbeit?«
»Eine gute Arbeit. Eine Arbeit, die etwas Dauerhaftes ist? Oder stehst du nach dieser Reise nach Genua wieder mit den Händen in der Tasche rum? Hör zu, ich will dich nie wieder mit den Händen in der Tasche herumstehen sehen, das macht mich wahnsinnig.«
»Du wirst schon sehen, daß es etwas Dauerhaftes ist. Danach übernehmen wir Transporte in die Toskana, nach Rom, vielleicht sogar bis Sizilien. Es wäre nicht schlecht, wenn ich mir eine Lederjacke kaufen würde, als Lastwagenfahrer.«
»Die kauf ich dir aus zweiter Hand«, sagte seine Mutter rasch.
»Nein, hör zu, die laß ich mir von Bianco kaufen. Schließlich muß er sich darum kümmern.«
»Wann hast du dich mit Bianco abgesprochen?«
»Heute. Heute morgen, statt zur Arbeit in die Schokoladenfabrik zu gehen, bin ich Bianco besuchen gegangen, da, wo er schläft. Er will mich ja schon seit Monaten. Ich hab ganz schön viel Geld verloren, weil ich nicht gleich angenommen habe.«
Sie litt, als sie von verlorenem Geld reden hörte, ihre Haut zog sich zusammen bei diesem Leiden. Laut sagte sie: »Aber warum hast du damals denn nicht angenommen?«

»Weil Bianco letzten Endes ein Arbeitgeber ist wie alle Arbeitgeber. Und ich wollte damals keinen Dienstherrn über mir. Heute habe ich begriffen, daß man, um überhaupt anzufangen, einen Dienstherrn über sich braucht, und da habe ich mich für Bianco entschieden, weil man sich unter ihm schnell emanzipieren kann ... Und was das Geld angeht, das hol ich schon wieder rein, in einem Jahr will ich so viel verdienen, daß ich bei Bianco aufhören und auf eigene Rechnung arbeiten kann. Ich weiß zwar noch nicht, was ich machen werde, aber irgendwas wird mir schon einfallen in der Zeit, in der ich für Bianco arbeite. Und dir kauf ich, was du willst, einen Tabakwarenladen oder ein Lebensmittelgeschäft, was du willst. Ein Geschäft, in dem du einfach nur dasitzen und das Geld zählen mußt.«
Sie schwieg, sie betrachtete ihn mit glänzenden Augen und war ganz außer Atem. Dann fragte sie ihn: »Und wie verdienst du so viel Geld?«
»Die Arbeit bringt so viel ein, diese Art von Arbeit.«
»Was für eine Art von Arbeit?«
»Wir umgehen einfach bestimmte Kontrollen für das Zeug, das wir befördern.«
»Dann ist es also gefährlich?« Sie war nicht entsetzt, sondern nur äußerst aufmerksam.
»Nein, nicht gefährlich. Es ist eine Arbeit, bei der du Strafzettel bekommen kannst, wenn sie dich erwischen, aber nicht ins Gefängnis gehst. Und die Strafzettel bezahlt Bianco.«
»Dann ist sie nicht gefährlich.«
»Du brauchst nicht für mich zu beten, wenn ich draußen auf den Straßen unterwegs bin.«
»Oh, ich bete nicht mehr für dich.«
Ettore lachte. Dann sagte er: »Jetzt laß mich gehn, damit ich nicht gleich am ersten Abend zu spät dran bin.«
»Wann kommst du aus Genua zurück?«
»Morgen zur Mittagszeit bin ich hier.«

Seine Mutter dachte nach und sagte dann: »Nimm dir ein paar Zeitungen und leg sie dir über den Bauch. Beim Fahren ist es kalt.«
»Das sagst du, weil du noch nie in der Führerkabine eines Lastwagens gesessen hast.« Und dann: »Ich geh in mein Zimmer und zieh mich um.«
Sie sagte hinter ihm her: »Warte, mach doch die Tür noch mal auf. Wenn du heimkommst, mußt du mir unbedingt ein bißchen Geld mitbringen, wenn nicht, mach ich nicht mehr mit.«
»Du hast es so gut wie in der Hand. Sprich du mit Vater.«
»Ich rede mit ihm. Aber er wird nicht froh darüber sein. Du hast nicht auf ihn gehört.«
»Ist ja nicht das erste Mal, daß ich nicht auf ihn höre.«
»Er wollte ja auch nur, daß du noch dieses eine Mal auf ihn hörst. Macht nichts, ich rede mit ihm, geh nur.«
»Tut mir leid, aber du wirst schon sehen, daß am Ende auch er zufrieden sein wird. Ich werd ihm diese letzten Jahre schön machen.«
Er ging in sein Zimmer, öffnete mit Wucht und Lärm die Schublade, in der der Kamm war, dann machte er sie sacht und ohne Lärm wieder zu, ging auf Zehenspitzen zum Bett, und unter der Matratze zog er die Pistole hervor. Er betrachtete sie, steckte sie unter die Weste, ging hinaus und machte sich auf den Weg zur Arbeit.

Neun Monde

»Was hast du nur gemacht?« fragte ihn seine Mutter völlig unerwartet, ohne ihm Zeit zu lassen, die Tür hinter sich zuzumachen.
»Was denn?« sagte er vorsichtig.
»Dieses Mädchen war hier, Rita.«
»Rita? Und warum war sie hier?«
»Sie wollte dich unbedingt sehen, sie hat mich gefragt, wo sie dich finden könnte, aber ich weiß ja kaum, wo du dich aufhältst. Sie war innerlich völlig zerrissen, sie konnte keine Sekunde lang ruhig stehenbleiben, sie hat gesagt, sie wolle nach Hause zum Essen und dann gleich wieder hinausgehen, um dich zu suchen. Was habt ihr beiden angestellt, du und Rita? Irgendwas Krummes?«
»Sind immer gut miteinander ausgekommen, Rita und ich«, sagte er, »ich weiß wirklich nicht, was mit ihr los ist. Ist sie verrückt geworden? Essen wir in Ruhe. Nach dem Mittagessen such ich sie und frag sie, ob sie verrückt geworden ist.«
Nach dem Essen ging er fort, in der Kälte legte er zwei Straßen zurück, ohne genau zu wissen, warum er diese und nicht andere genommen hatte. Dann sah er Rita ganz zufällig, sie stand unbeweglich an der Ecke der Fabrikstraße und zitterte.

Ugo blieb stehen und betrachtete sie von weitem, doch dann mußte er sich einfach in Bewegung setzen und zu ihr gehen.

In Ritas Blick stand blankes Entsetzen.

Bevor er den Mund aufmachen konnte, sagte sie zu ihm: »Du hast mich geschwängert, Ugo.«

»Großer Gott, was sagst du da«, sagte er leise.

Er konnte nicht umhin, seine Augen auf ihren Bauch zu heften, er hatte einen Schritt zurück gemacht, um ihn besser betrachten zu können, und er mußte sich überwinden, die Hände bei sich zu behalten und nicht hinunterzulangen, um einen Zipfel des Mantels über dem Bauch zur Seite zu schieben.

Ihre Augen füllten sich bis zum Rand mit Entsetzen, als sie das Entsetzen in seinen Augen sah. Ugo starrte sie erschrocken an, so, als habe er eine Lunte tief in ihrem Körperinneren angezündet und als warte er jetzt darauf, sie von einem Augenblick auf den anderen explodieren zu sehen.

»Was sagst du dazu?« fragte sie mit bebendem Mund.

»Bist du auch sicher?« fragte er heiser.

»Das hat mir der Arzt gesagt.«

»Hast du schon zum Arzt gehen müssen?«

»Ich habe angefangen, mich zu erbrechen.«

Ugos Gesicht verzerrte sich vor Schrecken, er schlug mit der Hand auf den Schenkel und sagte laut: »Das sind Dinge, die du mir nicht zu erzählen brauchst.«

»Ugo!« schrie sie.

»Und deine Familie?« fragte er nach einer Weile.

»Sie weiß nichts. Zwei Monate kann ich die Sache noch verbergen, aber danach kann ich es nicht mehr. In diesen beiden Monaten muß ich den Mut finden, mich in den Fluß zu werfen.«

»Ich bin doch da«, sagte er, ohne sie anzusehen.

Auch sie sah ihn nicht an, sie hörte zu und schüttelte den Kopf.

Wie kalt es war, die Kälte kam vom Fluß herauf und fegte über die offenen Wiesen.
Er legte einen Arm um ihre Schultern, brachte es aber nicht fertig, ihr in die Augen zu sehen. Sie atmeten schwer, einen Atemzug er, einen Atemzug sie, so, als würden sie sich wie zum Spiel auf diese Weise abwechseln.
»Was soll ich tun?« fragte sie dann.
»Wie?«
»Was soll ich tun?«
Er antwortete nicht, sie wartete ab und sagte dann: »Sag mir, was ich tun soll!«
Er war nicht einmal in der Lage, den Mund aufzumachen. »Du bist es, die sich entscheiden muß«, sagte er dann zu ihr.
»Ich tu, was du willst. Du mußt es nur sagen.«
»Ich weiß nicht, was ich sagen soll.«
»Sag was, Ugo.«
»Ich weiß nicht, was ich sagen soll.«
Da schrie sie ihn an, er solle nicht feige sein.
Ugo meinte, eine schwarze Binde über den Augen zu haben; als er sich umdrehte, drückte er sie mit der Brust, bis ihr Rücken die Mauer berührte. Aber er sagte nichts.
Sie preßte ihre Hände gegen seine Brust und sagte: »Sag was, Ugo. Du bist der Mann. Tu so, als wärst du mein Dienstherr, entscheide so, als müßtest du über einen kaputten Motor entscheiden. Du sprichst, und ich höre dir zu. Sag mir, was ich tun soll!«
Er antwortete nicht, da sagte sie sehr leise zu ihm: »Willst du, daß ich zu einer Hebamme gehe und mit ihr rede? Aber für die Operation geht viel Geld drauf.«
Er merkte, wie er sagte: »Ich könnte es mir leihen, das ganze Geld, das dafür draufgeht«, doch als er sie zum ersten Mal ansah, bemerkte er, daß ihre Augen vor Entsetzen überquollen. Sein Blick vernebelte sich, er griff

sie mit beiden Armen und sagte in ihr Haar: »Glaubst du denn, ich will, daß du dich ruinierst?«
Sie wollte sich von ihm losmachen, ihm in die Augen sehen können, er aber hielt sie fest, sagte zu ihr: »Bleib da stehen, im Warmen.«
Rita weinte an seinem Hals, diese erst warme, dann gleich darauf kalte Nässe entkräftete ihn unsäglich. Dann sagte sie, ihr Gesicht in seinen Hals vergraben: »Ich will das Kind.«
»Das Kind wirst du haben, ich hab's dir gegeben, und es ist deins, du wirst das Kind haben«, sagte er, aber es gelang ihm nicht, sich aus dem Dunkel ihres Halses zu befreien, er wollte das Licht nicht sehen.
Sie machte sich los, nahm aber ihre Hände nicht von seiner Brust, sie sah ihn an und bewegte dabei ihren Mund. Da spürte Ugo eine Wärme im Inneren, die ihn gegen den kalten Wind aufrichtete, er hatte nur Angst, daß sie aufhören könnte, Angst, wieder die Kälte im Inneren zu spüren. Er sagte zu ihr: »Jetzt, wo wir uns einig sind, geh nach Haus. Du bist ja ganz durchgefroren.«
Von neuem ergriff sie Entsetzen, sie drückte sich an seinen Körper, sagte in seinen Hals vergraben: »Was soll ich zu Haus?«
Er löste sich von ihr und hob ihren Kopf, damit sie ihm in die Augen sah, jetzt war sein Blick starr und hart, aber er wollte nur, daß sie ihm gehorchte.
Sie mit diesem Blick ansehend, sagte er zu ihr: »Sprich zu Hause, sag alles, deinem Vater, deiner Mutter, allen bei dir zu Hause.«
Rita schrie mit hauchdünner Stimme nein.
»Du sagst es ihnen, du mußt es ihnen sagen, noch heute, denn heute abend komm ich zu dir nach Hause.«
»Du bist verrückt, Ugo, sie bringen dich um, sie werden dich totschlagen mit ihren Fäusten.«
Er aber sagte: »Sagst du's ihnen? Schwör mir, daß du's ihnen sagst.«

Sie schwor nicht, sie klapperte mit den Zähnen.
»Du mußt es ihnen sagen. Mußt es ihnen sagen und dann alles ertragen, was sie dir antun. Denk an heute abend, wenn ich komme, um mein Wort zu geben, daß ich dich heirate. Sei mutig, denk an heute abend und sag es ihnen. Es sind nur vier Stunden, die schlimm sind, dann komm ich, und dann nehme ich alles Schlimme auf mich. Rita, ich fang heute abend damit an, und dann tu ich's fürs ganze Leben.«
Da senkte Rita den Kopf und sagte: »Ich weiß nicht, wie ich's mache, aber ich sag es ihnen.«
»Um vier Uhr.«
Er beugte sich herunter, um sie anzusehen, er sagte: »Du hast Angst. Du hast wahnsinnige Angst. Du hast Angst, aber ich will nicht, daß du Angst hast. Ich will, daß du es ihnen ohne Angst sagst. Zeig mir, wie du's ihnen sagst. Los, zeig's mir.«
Sie fing leise an zu weinen.
»Gehen wir«, sagte er und zog sie mit sich, »gehen wir zusammen zu dir nach Hause, und dann rede ich.«
Sie machte sich los und lief davon. »Sie werden dich totschlagen mit ihren Fäusten.«
Er holte sie zurück. »Sie bringen mich nicht um, sie werden mir so viel Prügel geben wie noch nie in meinem ganzen Leben, aber sie bringen mich nicht um. Ich will nicht, daß du Angst hast.«
Da sagte Rita: »Also gut. Ich sag's ihnen. Wenn du's vier schlagen hörst, weißt du, daß sie es schon wissen.«
Sie entfernte sich, langsam rückwärts gehend.
Er blieb stehen und sah sie an, bei jedem dritten Schritt sagte er: »Sag es ihnen. Hab keine Angst. Du hast Angst. Du hast Angst.«
Er lief ihr nach, erreichte sie, umarmte sie. »Du hast Angst. Ich will nicht, daß du Angst hast. Du bist meine Frau, und ich will nicht, daß du jemals Angst hast. Großer Gott, am liebsten möchte ich weinen. Großer Gott,

ich bring sie alle um, denn sie sind's, vor denen du Angst hast.«
Sie geriet in Begeisterung, sagte: »Ich sag es ihnen. Ich habe zwar Angst, aber ich bin froh. Du wirst mein Mann, vor meinem Vater und vor meiner Mutter, und ich bin so glücklich, daß ich dafür wohl oder übel auch ein bißchen bezahlen muß.«
Er sagte zu ihr: »Sag es ihnen. Ich komme um acht. Habt ihr um acht schon zu Abend gegessen?«
Sie nickte, sie wollten ihre Hände nicht loslassen, sie taten sich weh, weil sie einander nicht gehen lassen wollten, dann trennten sie sich mit einem Ruck, sie gingen in entgegengesetzte Richtungen davon.
Ugo streifte durch die Stadt, er wartete darauf, daß es vier schlagen würde, und hatte die Hände des Sattlers und seiner beiden Söhne vor Augen, in seinen Augen. Er sagte sich, er dürfe nur an Rita denken, daran, was Rita durchstehen müsse, bevor er käme und all das Schlimme auf sich nähme, aber er konnte diese Hände vor seinen Augen nicht wegwischen.
Als es endlich vier schlug, war er in einem Café, nahm die Zigarette aus dem Mund und schaute über die Menschen hinweg nach oben.
Dann dachte er, daß die Männer bei Rita zu Hause aus Wut und aus Rachsucht die Arbeit liegenlassen und sich auf den Weg durch die Stadt machen könnten, um überall nach ihm zu suchen. Es durfte nicht geschehen, daß sie ihn fanden, er war noch nicht so weit, er würde es um acht Uhr abends sein.
Bis dahin waren es vier Stunden. Er ging zum Fluß und blieb dort bis zum Einbruch der Dunkelheit an den Uferböschungen, um nachzudenken.
Er kehrte heim, er näherte sich seinem Zuhause wie im Krieg jenen bewohnten Gegenden, von denen man nicht wußte, ob dort Feinde waren oder nicht, im Flur und auf der Treppe versuchte er herauszufinden, ob

außer seinem Vater und seiner Mutter noch jemand da war.
Er kam herein, der Tisch war gedeckt, sein Vater wartete darauf, essen zu können und strich mit der Hand über den Rücken seines Hundes.
»Hast du sie gesehen?« fragte seine Mutter sofort.
»Nichts«, sagte er. Er war noch nicht bereit, er würde in zwanzig Minuten, in einer halben Stunde reden, auch er mußte reden, wie Rita. Er würde es am Ende des Abendessens sagen, wenn er es gleich sagte, würde niemand mehr essen.
Nach dem Essen, den Augenblick nutzend, als seine Mutter aufstehen und abräumen wollte, redete er. Während er redete, sah er seine Mutter an, die sich ganz langsam wieder hinsetzte. Die Worte sprangen aus seinem Mund heraus, eins nach dem anderen, als wäre für jedes von ihnen ein heftiger Stoß nötig.
Sein Vater hatte von Anfang an die Augen niedergeschlagen, er schien die Brotkrumen auf dem Wachstuch zu suchen.
Doch seine Mutter schrie: »Du bist verrückt! Du bist verrückt! Du bist ein Schwein! Ein Verbrecher!«, bis sein Vater mit der Faust auf den Tisch schlug und zu ihr sagte: »Schrei nicht, du alte Hexe, schließlich muß ja nicht das ganze Haus von unseren schönen Angelegenheiten erfahren!«
Sie schrie: »Dann sprich du mit ihm, sag ihm, was für eine Schweinerei er da gemacht hat, sag du es ihm!«
Doch danach sagte sein Vater nichts mehr.
Da sagte seine Mutter, die am ganzen Leib zitterte, leise und auf ihren Teller blickend: »Du hättest an uns denken müssen, die wir alt sind, bevor du daran dachtest, Kinder zu machen.«
Ugo schrie: »Ich hab daran gedacht? Ich hab an gar nichts gedacht! Für mich ist es ein Schlag gewesen, ist

es ein Unglück gewesen! Du glaubst, ich hätte daran gedacht?« Dann sagte er leiser: »Aber zwischen mir und euch ändert sich doch gar nichts, wenn ich Rita geheiratet und eine eigene Familie habe.«
Doch seine Mutter schüttelte den Kopf, sie war derart verzweifelt, daß sie anfing zu lächeln. Sie sagte: »Wenn man frische junge Menschen um sich hat, vergißt man die Alten schnell. Wirst schon sehen, daß du mit der neuen Familie so viele Probleme haben wirst, daß du an deine Alten nicht mehr denken kannst, und irgendwann wirst du zu der Überzeugung gelangen, daß es gut für dich ist, wenn sie in ein Altersheim gehen.«
Ugo schrie: »Sprich nicht so, sprich nicht vom Altersheim, denn du weißt, daß das nicht stimmt, daß ich mich lieber umbringen lasse, als euch ins Altersheim gehen zu sehen.«
Auch sein Vater schrie. Sein Gesicht hatte sich völlig verkrampft, und er schrie seine Frau an: »Ich bin für dich da! Ich war da, als es deinen Sohn noch nicht gab, und ich werde dasein, wenn dein Sohn fort ist. Solange niemand das Gegenteil beweist, bin ich ein Mann, und ich habe es dir nie an dem fehlen lassen, was dir zukommt!«
Der Hund war in die Ecke am Gasherd gelaufen und hatte sich zusammengerollt, von dort blickte er sie an und wackelte ihnen mit dem Schwanz zu, damit sie ihn nicht noch mehr erschreckten.
Die Mutter schüttelte lange den Kopf, lächelte immer noch so wie vorher, doch jetzt war sie still.
Da stand Ugo auf.
»Wo gehst du hin?«
»Ich geh zu ihr nach Hause. Sie erwarten mich.«
Sein Vater zuckte mit den Augenlidern vor Angst, sagte aber nichts, er bewegte sich nur auf dem Stuhl, und der knarrte.
Ugo drehte sich zu seiner Mutter um, um sie anzuse-

hen, sie saß mit dem Rücken zu ihm, und der bewegte sich ebensowenig wie der gesenkte Kopf.
Ugo ging in sein Zimmer.
Einen Augenblick horchte er, ob sein Vater und seine Mutter leise miteinander sprachen, aber sie sprachen nicht. Er kämmte sich vor dem Spiegel, betrachtete sein Gesicht, dachte daran, wie es in einer halben, in einer Stunde aussehen würde. »Ich bin ein Mann«, sagte er dann zu sich, als er vom Spiegel wegging.
Er war in die Küche zurückgekommen. Seine Mutter saß so da, wie er sie verlassen hatte, nichts bewegte sich an ihr. Sein Vater hielt mit einer Hand den Nacken des Hundes, der sich an seine Knie gedrückt hatte, fixierte jedoch irgendeinen Punkt an der Wand, und als Ugo eintrat, begann er auf die Pfoten des Hundes zu starren.
Ugo seufzte, machte Anstalten wegzugehen, und da schob sein Vater den Hund beiseite, stand auf, streckte eine Hand nach seiner Jacke aus. »Ich komm mit.«
»Nein, du kommst nicht mit!« sagte Ugo laut.
Sein Vater griff nach der Mütze.
Ugo sagte zu ihm: »Ich will nicht, daß du mitkommst, ich bin ein Mann, die Verantwortung liegt ganz bei mir, ich will alles selber in Ordnung bringen, wie ein Mann.«
»Ich komm mit, ich will nicht, daß sie dir irgendwas antun.«
»Sie tun mir nichts an.«
»Da sind drei Männer in dem Haus, drei Männer, stark wie Stiere. Ich komm mit, ich bin dein Vater.«
Ugo wich zurück. »Wenn du mitkommst, gehe ich nicht.«
Da hob seine Mutter den Kopf, als würde sie aufwachen, und sagte: »Laß deinen Vater mitkommen.« Dann, als sein Vater ihn beim Arm gepackt hatte und ihn hinausdrängte, sagte sie noch: »Und laßt nicht zu, daß sie das arme unglückliche Mädchen quälen.«

Sie gingen zusammen weg, sein Vater hielt seinen Arm bis auf die Straße fest, Ugo dachte: »Ich muß allein da hinein, meinen Vater schüttle ich jetzt ab, was für ein Bild geb ich denn ab, wenn ich mich von meinem Vater begleiten lasse? Ich würde mich mein Leben lang nicht mehr als Mann fühlen.«
Sein Vater hatte sich seinem Schritt angepaßt, sie gingen fast wie Soldaten über Eis und Gestein.
Dann sagte Ugo: »Wie kalt es doch ist, du kehrst jetzt um.«
Sein Vater marschierte weiter neben ihm her, ohne zu reden.
An der Ecke von Ritas Haus blieb Ugo stehen, stellte sich vor seinen Vater, sagte zu ihm: »Da sind wir. Du gehst ins Café von Giors. Trink was Warmes und warte auf mich. Ich komm dann vorbei und hol dich ab.«
»Ich geh mit rein.«
»Laß mich alleine reingehen, laß mich ein Mann sein.«
»Ich komm mit, schließlich will ich nicht, daß sie dir die Knochen brechen, drei gegen einen, du bist mein Sohn.«
»Dann geh ich nicht rein, lieber verrate ich Rita. Versteh doch, Vater, ich will als Mann auftreten, hast du mich nicht in die Welt gesetzt, damit ich ein Mann werde? Sie sehen, daß ich alleine reinkomme, sie sehen, daß ich keine Angst gehabt habe, und denken dann, daß ich es im Grunde nicht gar so gemein getrieben haben kann. Verstehst du? Bist du gleicher Meinung? Dann geh und warte im Café von Giors auf mich.«
Sein Vater überlegte, dann sagte er: »Geh alleine rein. Ich warte hier draußen auf dich, ich geh hier nicht weg. Aber du schreist, wenn sie dich, drei gegen einen, verprügeln. Jetzt geh rein und sei ein Mann.«
Ugo ging durch den dunklen Flur, dann drehte er sich um, um zu sehen, wo sein Vater geblieben war. Der stand auf der Schwelle zum Flur, seine Gestalt zeich-

nete sich deutlich ab gegen den Schnee und die Straßenbeleuchtung.
Als er zur Türe des Sattlers ging, ging er, ohne es zu merken, auf Zehenspitzen, er machte kein Geräusch. Die Tür war nicht fest verschlossen, ein gelblicher Lichtschimmer fiel durch sie hindurch, er würde sie aufstoßen können. Er holte tief Luft und stieß sie auf.
Die Küche war warm, gut erleuchtet, nur Ritas Mutter war da, die nachdenklich neben dem Ofen saß und ihre Hände im Schoß hatte. Er sah die Frau nicht gleich an, er war erstaunt über das, was Ritas Zuhause war, er ließ seinen Blick über die vier Wände und die Decke streifen, dann sah er die Frau an.
Sie hatte ihn die ganze Zeit angesehen, als er sich ihr zuwandte, rief sie: »Emilio«, jedoch leise, als würde das genügen oder als hätte ihre Stimme versagt. Dann stand sie auf und schrie: »Emilio!«, und rasch, fast laufend, ging sie zu einer der Innentüren und verschwand dahinter.
»Sie hat es ihnen gesagt«, sagte er zu sich und drehte sich um, er ging und schloß die Türe, durch die er hereingekommen war, mit dem Schlüssel ab und kehrte dann wieder in die Mitte der Küche zurück. Er wußte nicht, wo und wie er die Hände halten sollte, er hörte oberhalb der Zimmerdecke ein schwaches Geräusch, wie das Knacken von Holz, er war sicher, daß das Rita war, eingeschlossen in ihrem Zimmer, fast wollte er ihr schon ein leises Wort zukommen lassen.
In diesem Augenblick trat Ritas Vater herein und hinter ihm die beiden Brüder und dahinter die Mutter. Alle drei Männer trugen die große Lederschürze ihres Handwerks.
Ugo sagte guten Abend zum Alten und: »Ciao, Francesco. Ciao, Teresio« zu den Jungen.
Sie antworteten nicht. Die beiden Jungen lehnten sich mit ihren Schultern an die Wand, ihre Hände lagen auf den Schenkeln.

Der Alte kam auf ihn zu. Ugo vermied es, auf seine Hände und nur auf seine Hände zu sehen, ihm in die Augen sehen konnte er nicht, und so blickte er auf seinen Mund, konnte aber nichts aus ihm ersehen, wegen des grauen Schnauzbarts, der über ihn herabfiel. Als der Alte nur noch einen Schritt von ihm entfernt war, blickte Ugo ihm in die Augen, und so sah er nur den schwarzen Schatten der erhobenen großen Hand, die sich seitlich seinem Gesicht näherte. Er schloß die Augen einen Augenblick, bevor sie ihn berührte, die Ohrfeige explodierte, das Schwarz seiner Augen färbte sich gelb, er wankte wie eine Marionette, deren unterer Teil mit Blei beschwert ist, ging aber nicht zu Boden. Das war sein erster Gedanke. »Ich bin nicht zu Boden gegangen.« Sein Gesicht glühte, aber er hielt die Hände unten.

Der Alte war zwei Schritt zurückgewichen, jetzt sah er ihn an, wie die anderen ihn ansahen, und es war still, so wenigstens kam es ihm vor, in dessen Ohren es laut brummte.

Ritas Mutter hob ihre gefalteten Hände zur Brust und begann mit gleichförmiger Stimme zu sagen: »Unsere arme Rita. Unsere arme Rita. Unsere arme Rita. Unsere arme …«

Ugo sagte: »Rita ist schließlich nicht tot, um so von ihr zu sprechen.« Teresio, der jüngere, knurrte vor Wut und lief mit geballter Faust auf Ugo zu. Ugo wich nicht aus, aber Teresio vertat sich dennoch mit der Faust, die Ugos Unterkiefer streifte und oberhalb der Schulter im Leeren landete. Da knurrte Teresio noch einmal vor Wut, holte seitlich von unten aus und versetzte Ugo mit der Rechten einen Schlag in die Rippen.

Ugo wollte schreien vor Schmerz, aber ihm fehlte dazu jeder Atem. Draußen klopfte es. Ugo hörte es, der Atem kehrte in ihn zurück, und er sagte: »Macht nicht auf, ist nur mein Vater.«

Keiner in der Wohnung bewegte sich, und von draußen klopfte sein Vater noch einmal kurz und energisch.
»Alles in Ordnung. Wir reden miteinander. Geh und warte auf mich bei Giors«, sagte Ugo laut, und sein Vater klopfte nicht mehr.
In diesem Augenblick trat Ritas jüngere Schwester in die Küche.
Francesco schrie sie an, sie solle verschwinden, und ihre Mutter sagte zu ihr: »Geh schon, geh schon und schäm dich, du, die sie begleitet und sie dann zusammen allein gelassen hat.«
Bevor das Mädchen ging, brach es in Tränen aus und sagte: »Ich hab doch nicht gedacht, daß sie etwas Schlimmes tun würden!«
Da wurde Francesco über das ganze Gesicht wütend, kam entschlossen auf Ugo zu, visierte ihn an und traf ihn mitten ins Gesicht. Ugo spürte, wie er nach hinten flog, bis er mit dem Rücken an die Tischkante stieß.
Er richtete sich wieder auf, atmete die Luft durch die Zähne ein und sagte dann: »Ihr habt recht, aber jetzt reicht's, jetzt reden wir. Ich bin gekommen, um euch mein Wort zu geben, daß ich Rita heirate. Euch sage ich's jetzt, aber eurer Tochter habe ich es schon zu Beginn dieses Herbstes gesagt. Jetzt warte ich nur darauf, daß ihr zustimmt und mich dann gehen laßt.«
Francesco sagte: »Du bist genau der Typ, den wir in unserer Familie niemals hätten haben wollen ...« – so als würde er seinem Vater die Worte vorgeben.
Und wirklich sagte der Alte: »Wir haben uns eine andere Vorstellung von dem Mann gemacht, der Rita bekommen sollte, wir glaubten, daß Rita einen ganz anderen Mann verdient hätte, aber bei Rita haben wir uns alle getäuscht. Jetzt müssen wir dich nehmen, wie du bist, und Rita wird dich heiraten, sie hat den Mann, den sie verdient.«

Die Mutter sagte: »Nun kann Rita keinen anderen Mann mehr bekommen als dich. Selbst wenn sich ein tüchtiger Junge vorstellen würde, ich würde ihm einen anderen Weg weisen.«
»Wann heiratest du sie?« fragte der Alte.
»Ich heirate sie im kommenden Herbst.«
Die Frau erschrak, sie sagte mit den Händen vor dem Mund: »Aber im Herbst wird das Kind ... Rita wird schon entbunden haben.«
»Du heiratest sie wesentlich früher«, befahl der Alte.
»Er muß sie noch diesen Monat heiraten«, sagte Francesco.
Ugo machte ein verneinendes Zeichen mit dem Kopf, Francesco fluchte und streckte eine Faust vor.
Doch der Alte fragte Ugo: »Was gedenkst du zu tun?«
»Ich heirate sie im kommenden Herbst, vorher kann ich nicht, ich bin noch nicht soweit für die Hochzeit. Und wenn ihr euch schämt, sie in eurem Haus zu behalten, braucht ihr es nur zu sagen. Holt sie von dort, wo sie jetzt ist, und ich nehm sie gleich mit zu meiner Mutter nach Hause. Sie wird bei mir bleiben, aber nicht als Braut, bis zum kommenden Herbst. Sprecht jetzt.«
Da schrie Teresio und weinte, er steckte sich die Finger in den Mund, vornübergekrümmt drehte er sich in alle Richtungen, und von da unten schrie er weinend: »Ich will nicht, daß Rita weggeht, ich will nicht, daß sie so von uns geht, was gehen uns denn die Leute an? Wir geben ihnen eins aufs Maul, all denen, die schlecht reden, aber ich will nicht, daß Rita so von uns geht, sie ist meine Schwester ...!« Er hörte schlagartig auf zu schreien und zu weinen, stand da mit den Haaren über den Augen und mit offenem Mund, seine Hände waren voll Geifer, er schien verrückt zu sein. Sein Bruder klopfte ihm mit seiner großen Hand auf den Rücken.
»Kann ich sie sehen?« fragte Ugo dann.
»Nein!« schrie der Alte.

»Darf ich sie nicht sehen, weil ihr sie geschlagen habt?« Seine Stimme zischte ein bißchen wegen eines lockeren Zahns.
Teresio fing wieder an zu schreien und zu weinen. »Neeeiin! Wir haben sie nicht geschlagen, wir haben ihr nichts getan, wir hatten nicht mehr die Kraft, auch nur einen Finger zu erheben, das ganze Blut ist uns aus den Adern gewichen, als sie's uns gesagt hat!« Er stieß einen Schrei aus, wollte einen zweiten nachschicken, doch das konnte er nicht, weil seine Mutter zu ihm gelaufen kam und seinen Mund gegen ihre Brust drückte.
Der Alte sagte: »Glaub bloß nicht, jetzt, wo wir beschlossen haben, was wir beschlossen haben, glaub bloß nicht, du könntest zu uns kommen, wann es dir paßt. Rita siehst du einmal in der Woche, sonntags, hier bei uns zu Hause, in Gegenwart ihrer Mutter, und nie länger als eine Stunde.«
Ugo senkte den Kopf.
Draußen stand wartend sein Vater, er ging schnell auf seinen Sohn zu, um ihn zu fassen, bevor er aus dem Lichtkegel der Straßenbeleuchtung heraustrat, er wollte sein Gesicht sehen.
Ugo lachte lautlos, er blieb nicht stehen, drängte seinen Vater weit vom Lichtkegel weg.
»Vater.«
»Sprich.«
»Rita ist deine Schwiegertochter.«

Der Geruch des Todes

Wenn man lange und fest die Finger einer Hand über den Rücken der anderen reibt und dann an der Haut riecht, ist der Geruch, den man wahrnimmt, der Geruch des Todes.

Carlo hatte das von klein auf gelernt, vielleicht aus den Gesprächen seiner Mutter mit den anderen Frauen im Innenhof oder wahrscheinlicher noch bei den heimlichen Zusammenkünften, die die Jungen in den Sommernächten veranstalteten, in der Zeit zwischen dem letzten Spiel und der ersten Arbeit, wo man von den etwas älteren Kameraden so viele Dinge über das Leben im allgemeinen und über die Beziehungen zwischen Mann und Frau im besonderen erfährt.

Genau den gleichen Geruch nahm er, schon ein Mann, an einem Abend eines anderen Sommers wahr, und daß es sich dabei wirklich um den Geruch des Todes handelte, zeigten die Tatsachen.

An jenem Abend stand Carlo am Ende der Via dell'Ospedale di San Lazarro, dem Bahnübergang gegenüber gleich vor dem Bahnhof. Der letzte Zug nach T... fuhr ab, blies seinen schwarzen Rauch hoch hinauf in den türkisblauen Himmel, schickte einen selten guten Geruch von Kohle und unter Reibung stehendem Stahl

herüber, aus seinen Fenstern strömte ein gelbes Licht, ruhig und sanft, wie das Licht aus den Fenstern bei uns zu Hause. »Viertel nach acht«, sagte er zu sich, und ganz aufgeregt sah er dem Bahnwärter zu, der an der Kurbel drehte, um die Schranken wieder hochzuziehen.
In dem Haus, an dessen Ecke er angelehnt stand, begann eine Frau, der er von der Stimme her das Alter seiner Mutter gab, ein Lied aus seiner Jugendzeit zu singen:

Mamma mia, dammi cento lire,
che in America voglio andar ...

(Mamma mia, gib mir hundert Lire,
Weil ich nach Amerika fahren will ...)

»Würde mir schon gefallen, in Amerika zu sein«, dachte er, »vor allem in Hollywood. Aber nicht heute abend, heute abend habe ich Lust auf die Liebe an einem meiner Plätzchen«, und steckte die geschlossenen Hände tief in seine Hosentaschen.
Carlo wartete auf sein achtzehnjähriges Mädchen, um mit ihr auf die Wiesen hinauszugehen, und man muß nicht erst lange über seine Begierde reden, noch darüber, wie die Zeit über das erleuchtete Zifferblatt des Bahnhofs lief, und sie nicht kam. Doch sagen muß man, daß ihr Körper Carlos einziger Reichtum in diesem harten Augenblick seines Lebens war und er, wenn sie heute abend nicht kam, eine ganze weitere Woche der Spannung und Knechtschaft hätte durchleben müssen, um wieder mit ihr zusammenzusein.
Auch als ihre gewohnte Stunde schon vorüber war, fühlte er sich dennoch nicht danach zu gehen, jede Hoffnung fahren zu lassen, er blieb unbeweglich dort stehen, wie um das Unheil zu bannen, fast als könne es nicht sein, daß sie nicht käme, wenn er lange genug durchhielt und auf sie wartete. Aber dann wurde es

zwanzig vor neun; als er um sich blickte, sah er die alten Leute auf den Bänken der Grünanlage sitzen, halb ausgelöscht von der Dunkelheit, doch die, die rauchten, hatten allesamt das glutrote Ende ihrer Zigarren in seine Richtung gekehrt. Und die Frau, die vorher gesungen hatte, sicher war sie es, die vorher gesungen hatte, stand nun draußen auf ihrem Balkon und schaute schon eine ganze Weile herunter auf seine Haare.
Von den Glockentürmen schwangen in seine Ohren die Neunuhrschläge herab, und nun machte er sich zum Stadtzentrum auf, zu anderen jungen Leuten, die auf der Piazza herumflanieren oder im Café sitzen und sich die Frauen aus dem Sinn schlagen müssen wie Fliegen von der Nase. Er ging, und nach jedem fünften Schritt drehte er sich zu der Ecke um.
Er begegnete zwei oder drei ganz jungen Paaren, sie wankten auf dem Asphalt wie Betrunkene, sie schmiegten sich eng aneinander oder gingen auseinander, je nachdem, ob sie in die Schattenbereiche der Straßenlaternen eintraten oder aus ihnen heraustraten. Carlo beneidete die Jungs mit ihrem Mädchen, sagte sich dann aber: »Wer weiß, ob sie das machen gehen, was wir gemacht hätten, wenn sie gekommen wäre. Wenn nicht, dann brauch ich sie auch nicht zu beneiden.«
Er machte einen Umweg, um am Brunnen der Gartenanlage zu trinken. Er trank mit Genuß, dann, als er den Kopf wieder hob, blickte er ein letztes Mal zur Ecke zurück und sah, wie ein hochgewachsenes Mädchen dort auftauchte, so groß wie sie, mit einer kanariengelben Jacke, was damals eine Modefarbe war, sie hatte eine solche Jacke, und es ging schnell auf den Bahnübergang zu.
Er sprang vom Brunnen zurück, und während er einen lang anhaltenden Pfiff zu dem Mädchen hinüberschickte, lief er schnell die kleine Allee der Gartenanlage entlang. Die alten Leute zogen eilig ihre bequem auf dem

Kies ausgestreckten Beine unter die Bänke zurück, er stürzte an ihnen vorbei und pfiff noch einmal.
Das Mädchen drehte sich weder um, noch ging es langsamer, er lief noch schneller, fast rempelte er den Bahnwärter an, der im Begriff war, die Schranken für den letzten ankommenden Zug herunterzulassen. Er sprang über die Gleise und befand sich gleich darauf hinter dem Mädchen.
Sie ging steif und schnell, war fast schon am Gasflaschengeschäft vorbei, er blieb stehen, denn er hatte bereits begriffen, daß es nicht sie war, sondern nur ein anderes Mädchen von mehr oder weniger der gleichen Figur und mit der gleichen Jacke wie der ihren. Doch als er es begriffen hatte, war ihm schon der dritte Pfiff über die Lippen gekommen, und er erreichte das Mädchen, das, ohne stehenzubleiben, über ihre Schulter zurückschaute und ihn mitten auf der Straße stehen und seine Arme an den Hüften herunterhängen sah. Sie drehte den Kopf wieder weg und ging noch eiliger auf das dunkle Ende der Straße zu.
Er war außer Atem, und er bemerkte den Mann nicht, den der Bahnwärter geduckt unter den Schranken durchgehen und hinter Carlo treten sah. Doch er überfiel ihn nicht hinterrücks, er machte eine halbe Drehung um ihn herum, stand vor ihm und packte mit knöchrigen Fingern seine Armmuskeln, und das alles, ohne ein Wort zu sagen.
In diesem Augenblick wußte Carlo über ihn nicht mehr, als daß er Attilio hieß, daß er Soldat in Griechenland und anschließend in deutscher Gefangenschaft gewesen war, und die Leute sagten über ihn, daß er mit Lungenschwindsucht zurückgekommen sei.
Carlo packte nun seinerseits seine Arme, und sie fingen an, miteinander zu kämpfen. Über Attilios Schulter blickend, sah er einen Augenblick lang das Mädchen. Um sich zu verstecken, hatte sie sich in einer Türnische

ganz dünn gemacht, doch ein Zipfel ihrer Jacke verriet sie.
Attilio, der ihn angegriffen hatte, sah ihm nicht ins Gesicht, ja er hatte mit seinem Kopf sogar gegen Carlos Brust gehämmert, und seine Haare bürsteten ihm das Kinn. Er drückte mit festem Griff Carlos Armmuskeln und Carlo die seinen, doch Carlo konnte den Mund nicht aufmachen und ihn anschreien: »Was, bei allen Heiligen, ist in dich gefahren?«, denn jetzt spürte er, sah er, wie in seine Nasenlöcher, gleich stinkendem weißen Rauch, der Geruch des Todes drang, jener Geruch, den man selbst herstellen kann, nur wesentlich leichter, indem man das tut, was eingangs beschrieben worden ist. So hielt er seinen Mund fest verschlossen, und als er vor Übererregtheit nicht mehr genügend Luft durch die Nase einatmen konnte, verrenkte er seinen Kopf so weit, bis der Halsknochen krachte. Erst als er den Kopf verrenkte, sah er den Bahnwärter, der dastand und ihnen zuschaute, ohne dazwischenzutreten. Wie konnte er auch ahnen, daß sie sich prügelten, wo sie beide aussahen wie zwei Betrunkene, die sich gegenseitig stützten? Doch der Bahnwärter hatte keine Vorstellung davon, wie sie beide sich die Muskeln zusammendrückten. Carlo fragte sich, wie Attilios Arme, die sich so schrecklich knöchrig anfühlten, es fertigbrachten, seinem Griff zu widerstehen und nicht zu Brei zu werden. Doch drückte auch Attilio furchtbar fest zu, und wenn es nicht darum gegangen wäre, den Geruch des Todes abzuwehren, hätte Carlo vor Schmerz geschrien.
Er hatte längst begriffen, warum Attilio ihn so angegriffen hatte, und das merkwürdige ist, daß es ihm überhaupt nicht absurd und bestialisch vorkam, Carlo verstand ihn, während er versuchte, ihm die Arme zu brechen.
Jetzt hatte Attilio wieder den Kopf gehoben und hielt ihn weit nach hinten geneigt, Carlo sah seine versiegel-

ten Augenlider, die hervorspringenden, glänzenden, wie mit Wachs eingeriebenen Backenknochen und den weit aufgerissenen Mund, aus dem der Geruch des Todes drang. Auch er schloß die Augen, er konnte den offenen Mund einfach nicht mehr ertragen, das einzige, woran er dachte, war, die Beine fest auf der Erde zu behalten und den Griff nicht zu lockern.
Sosehr die Bahnhofsglocke auch mit ihrem lang anhaltenden Getöse begonnen hatte, konnte er deutlich Attilios Herz schlagen hören, es pochte gegen die Rippen, als wollte es durch sie hindurchbrechen und wie ein Projektil auf Carlo niederstürzen.
Er beschloß, ein Ende zu machen, er spürte diesen Geruch schon überall in sich, durch die Nase, den Mund und die Poren eingedrungen, unaufhaltsam wie die Kraft selbst, die ihn absonderte, mußte er bereits sein Gehirn eingehüllt haben, denn er fühlte sich wie ein Wahnsinniger. Er hob ein Bein und stellte es nach vorn, um ihn zu Fall zu bringen, so daß er sich am Rinnstein das Rückgrat brechen würde. Genau in diesem Augenblick glitt Attilios Kopf herunter bis zu Carlos Bauchnabel, auch seine Hände hatten den Griff gelockert und waren an seinen Armen heruntergerutscht, jetzt hielten sie nur noch seine Handgelenke fest, und Attilio röchelte »Mhuuuh! Mhuuuh!«, bis er auch die Handgelenke losließ, und ohne daß Carlo ihm einen Stoß verpaßt hätte, landete er sitzend auf der Erde. Dann schlug er, wegen des Gewichts des zurückgeneigten Kopfs, mit dem Rücken der Länge nach aufs Pflaster.
Carlo machte keine Anstalten, ihn hochzuziehen, ihn an die Mauer des Gasflaschengeschäfts zu setzen, weil er seinen Geruch nicht ertragen konnte. Als Attilio ganz auf der Erde lag, vergaß Carlo, daß er begriffen hatte, machte seinen Mund auf, um ihn anzuschreien: »Was, bei allen Heiligen, ist nur in dich gefahren?«, doch

er erinnerte sich noch rechtzeitig und machte seinen Mund wieder zu.
Der Zug näherte sich; dem Geräusch nach zu urteilen, das er machte, mußte er gerade über die Brücke fahren. Carlo schaute die Straße hinunter, um das Mädchen auszumachen. Es hatte den Schutz der Türnische verlassen und stand reglos auf halber Höhe der Straße, blickte von weitem auf diesen Haufen aus schwarzen und weißen Lumpen, den Attilio auf dem Pflaster bildete, dann kam es mit ungewöhnlich langsamem und vorsichtigem Schritt zu den beiden herauf.
Carlo konnte gehen, er wandte Attilio den Rücken zu und näherte sich dem Bahnübergang. Der Bahnwärter drehte sich um und blickte auf das Gleis, auf dem der Zug einfuhr, doch Carlo konnte ein Auge von ihm sehen, das ihn beobachtete und bis in den äußersten Winkel gedreht war. Der Bahnwärter sagte nichts zu ihm, außerdem hätte er brüllen müssen. Der Zug fuhr vorbei und schlug Carlo mit all seinen Lichtern ins Gesicht, die Reisenden an den Fenstern sahen das Gesicht, das er machte, und wer weiß, was sie dachten.
Er ging weg, mit über der Brust verschränkten Armen befühlte er seine Muskeln, die ihn so schmerzten, als steckten sie noch immer in Eisenringen, vor seinen Augen schimmerte Attilios verpestete Haut, und er dachte, daß er nie mehr der sein würde, der er vor diesem Kampf gewesen war. Er ging weit außerhalb des Straßenlichts, seine Augenlider, der Mund und die Knie zitterten. Nerven, und trotzdem fühlte er sich so, als könne er nie wieder eine nervöse Erregung haben, er hatte sich die Nerven zerschunden, um die erbärmlichen Arme Attilios zu drücken.
Und immer wieder vor den Augen das Schimmern dieser Haut. Um es zu vertreiben, konzentrierte er sich darauf, sich in der Leere den Körper seines Mädchens vorzustellen, nackt, gesund und wohltuend, aber ihr

Bild wollte nicht entstehen, sie blieb eine weiße Wolke, die noch zu Attilios Haut hinzukam, um sie zu vergrößern.
Er ging zur Café-Bar am Bahnhof, aber er ging nicht hinein, er gab dem Barmann hinter dem Tresen von der Türe aus ein Zeichen und bestellte einen Cognac, einen Cognac als Medizin, wenn sie welchen hatten.
Während er darauf wartet, daß sie ihm den Cognac bringen, sieht er von der kleinen Allee der Gartenanlage her eine gelbe Jacke auftauchen. Das ist Attilios Mädchen, sie geht wesentlich langsamer als vorher, sieht ihn, bleibt stehen, denkt über irgend etwas nach und kommt dann zu ihm, sie blickt weiterhin auf die Erde, ihr Schritt ist gebremst. Auf diese Weise hat Carlo die Möglichkeit, ihren Körper genau zu betrachten, ein ganz gewöhnlicher Körper, der jedoch den Anspruch erhebt, nur von einem Gesunden besessen zu werden.
Sie steht vor ihm, sie sieht ihn mit blauen Augen an und sagt mit unangenehmer Stimme: »Ihr seid gütig gewesen, ihn nicht mit Fäusten zu traktieren.«
»Cognac«, sagt der Barmann hinter ihm. Er dreht sich nicht um und hört dann das Geräusch des Tellers, der auf den Tisch draußen gestellt wird.
Das Mädchen sagt wieder zu ihm: »Ihr habt schon alles begriffen, nicht wahr?«
Er sagt zu ihr: »Ich glaube, daß auch Ihr schon begriffen habt, daß ich mich getäuscht habe, daß ich Euch für eine andere gehalten habe. Nur traurig, daß er es nicht begriffen hat.«
Sie verdreht ihre Hände und schaut nach unten. Er sagt wieder zu ihr: »Entschuldigt, aber warum hat er denken können, daß jemand Euch ihm wegnehmen will?«
»Weil es jemanden gibt.«
»Jemand ... gesunden?«
»Ja, jemand gesunden. Wir haben doch recht, oder? Er

will, daß ich wie früher bin, dabei ist er es, der nicht mehr wie früher ist. Und außerdem wollen meine Eltern es nicht mehr.«
»Wie geht es ihm jetzt? Habt Ihr ihn nach Hause begleitet?«
Ja, aber es geht ihm sehr schlecht, er hat eine Krise, Attilios Mutter hat sie unverzüglich nach dem Arzt geschickt, aber Carlo sieht gleich, daß sie nicht der Typ ist, der während des abendlichen Flanierens auf den Straßen herumrennt.
Sie fragt ihn: »Wo wohnt Dottor Manzone? Wohnt er nicht in der Via Cavour?«
»Ja, am Anfang der Via Cavour.«
Das Mädchen setzt einen Schritt zurück, hat sich schon bei ihm bedankt, will sich umdrehen, in ihm kommt eine ungeheuere Neugier auf, er streckt eine Hand aus, um sie zurückzuhalten, will sagen: »Entschuldigt, Ihr, die Ihr ihm nahe seid, ihm oft nahe gewesen seid, habt Ihr diesen Geruch an ihm bemerkt … ?«, aber dann läßt er die Hand sinken und sagt ihr nur guten Abend, und sie geht fort, langsam.
Er trank den Cognac und ging nach Hause. Zu Hause zog er sich nackt aus und wusch sich unter dem Wasserhahn, und zwar so energisch und lang, daß seine Mutter aufwachte und ihm aus ihrem Zimmer zurief, er solle nicht soviel Seife verbrauchen, sie sei teuer.
In der Nacht träumte er von seinem Kampf mit Attilio, und am Morgen erfuhr er auf dem Arbeitsamt, daß man ihn ins Krankenhaus gebracht habe, in die Abteilung für ansteckende Krankheiten.
»Deutschland«, sagte einer, ein Arbeitsloser wie Carlo.
»Über wen redet ihr?« fragte einer, der in diesem Augenblick angekommen war. »Wer ist dieser Attilio? Kennst du ihn?« fragte er Carlo.
»Ich? Ich hab schon den Geruch des Todes an ihm wahrgenommen«, antwortete Carlo ihm, und dieser zog den

Kopf zurück, um ihn genauer anzusehen, aber dann mußte er sich umdrehen und dem Angestellten »Hier!« antworten, der mit dem Aufrufen angefangen hatte.

Von seinem Kampf mit Attilio träumte er erneut zwanzig Nächte später, und am Morgen, als er wie eh und je zum Arbeitsamt ging, drehte er sich zu einer Mauer an der Straße, um ein Küchenzündholz daran zu reiben, weil er für Wachszündhölzer kein Geld mehr hatte, und sah Attilios Namen in großen schwarzen Lettern auf einer Traueranzeige stehen.

Giovanni Giovannetti

BEPPE FENOGLIO, geboren 1922 in Alba (Provinz Cuneo), studierte Philologie an der Universität Turin und kämpfte für die Befreiung Italiens. Nach dem Krieg arbeitete er als Angestellter in einer Weinexportfirma und widmete sich der Schriftstellerei. Er starb 1963.

Lesen Sie weiter

ROMANO BILENCHI
Anna und Bruno

Die Erzählungen aus der Toskana, die, zu zwei größeren Gruppen zusammengestellt, das Leben von Dorf- und Kleinstadtbewohnern einerseits und andererseits Städte und Tageszeiten beschreiben, handeln von Menschen, die der Autor genau kennt.

»Figuren, die er zeichnet, haben kompakte Umrisse und der Leser trifft sie in Situationen, in denen sie in geheime Leidenschaften eingebunden, manchmal auch von einer unerklärlichen Magie umgeben sind.« Riki Erwa-Winter, ORF

Aus dem Italienischen von Karin Fleischanderl
Quart*buch. Schwarzes Leinen. 200 Seiten*

LUIGI MENEGHELLO
Wieder da!

Wer begreifen will, was in einem Land geschieht, das gerade eine Diktatur hinter sich hat, und wer das heutige Italien verstehen will, muß dieses Geschichtenbuch lesen: Es handelt vom Rausch der Nachkriegszeit. Vom Rausch der Hoffnungen und dem Traum von der grenzenlosen Liebe.

Aus dem Italienischen von Marianne Schneider
Quart*buch. Schwarzes Leinen. 220 Seiten*

LUIGI MENEGHELLO
Die kleinen Meister

Dieser Roman geht *Wieder da!* zeitlich voran: die ironische, unpathetische Schilderung der Resistenza, ein Episodenroman über den Kampf der »kleinen Meister« des Widerstands.

Aus dem Italienischen von Marianne Schneider
Quart*buch. Schwarzes Leinen. 270 Seiten*

LUIGI PINTOR
Servabo Erinnerung am Ende des Jahrhunderts

»Luigi Pintor ist es gelungen, das Allgemeingültige hinter den Erlebnissen des einzelnen sichtbar zu machen. Kaum hat man das Buch aus der Hand gelegt, möchte man erneut mit der Lektüre beginnen.«
Bernd Zanetti, TAGESSPIEGEL

Aus dem Italienischen von Michael Becker und Petra Kaiser
Quart*buch. Schwarzes Leinen. 120 Seiten*

NATALIA GINZBURG

Die kaputten Schuhe *Sechs Erzählungen*

Wie es zugeht unter Leuten, die sich gern haben, aber in schwierigen Zeiten leben. Wie man statt der kleinen Tugenden die großen wählen sollte.

»Ein schönes Buch, bibliophil ausgestattet. Und ein gutes Buch, ein humanes Buch, über das man an dunklen Abenden nachdenken kann.« Elisabeth Endres, SZ

Aus dem Italienischen von Maja Pflug
Bleisatz und Buchdruck durch die Offizin Haag-Drugulin
Gebunden. 80 Seiten

Die Stimmen des Abends

Natalia Ginzburg erzählt die Geschichte der jungen Elsa, die das Leben nicht führen will, das andere für sie zurechtgelegt haben.

»Es ist der schönste Roman, den Natalia Ginzburg je geschrieben hat.« Italo Calvino

Aus dem Italienischen von Alice Vollenweider
Quart*buch. 128 Seiten*

Das imaginäre Leben

Unveröffentlichte Texte über die Tapferkeit vor der Freundin oder dem Freund: warum wir nicht so leben wie wir träumen und warum wir trotzdem träumen müssen.

Aus dem Italienischen von Maja Pflug
SVLTO. Rotes Leinen. 128 Seiten

Schütze

Die Pläne beim Älterwerden und wie sie scheitern, oder: Die Mutter als Quälgeist.

»Eine unverkennbare, leise und eindringliche Stimme: Nichts sagen, als was ist und das in der Form des Kennworts.« Kyra Stromberg

Aus dem Italienischen von Joachim Meinert
SVLTO. Rotes Leinen. 112 Seiten

Anton Čechov *Ein Leben*

Mit großer Kenntnis innerfamiliärer Konstellationen und stiller Leidenschaft erzählt Natalia Ginzburg das kurze Leben Anton Čechovs, des »äußerst scharfsinnigen und empfindsamen Analytikers menschlicher Beziehungen« (Virginia Woolf).

Aus dem Italienischen von Maja Pflug
SVLTO. Rotes Leinen. 96 Seiten mit vielen Fotos

PIER PAOLO PASOLINI

Geschichten aus der Stadt Gottes

Neue, bisher unbekannte Erzählungen aus der frühen römischen Zeit Pier Paolo Pasolinis, der Zeit der *Ragazzi di vita:* Über die Stadt Gottes und den »grausamen Baedeker« ihrer Bewohner.
»Nur der Augenblick zählt, aber in ihm verborgen ist stets die Entdeckung eines Stückes der Ewigkeit. In diesen kurzen Erzählungen treten hinter die römischen Frauen und Straßenkinder beinahe biblische Gestalten.« Georg Seesslen, WOCHENPOST

Aus dem Italienischen von Annette Kopetzki
SVLTO. Rotes Leinen. 80 Seiten

Wer ich bin
Mit einer Erinnerung von Alberto Moravia

Zwei unbekannte Texte: Ein informatives autobiographisches Poem – eine Lebensauskunft. Und ein exzentrisches lyrisches Bekenntnis zu seiner »verzweifelten Vitalität«. Ergänzt werden die beiden Texte durch ein ebenfalls unveröffentlichtes, langes Gespräch mit Alberto Moravia über seinen Freund Pasolini.

Aus dem Italienischen von Peter Kammerer und Bettina Kienlechner
SVLTO. Rotes Leinen. 80 Seiten

»Ich bin eine Kraft des Vergangenen ...« *Briefe 1940–1975*

»Eine literarisch wie persönlich überzeugend balancierte Auswahl von Pasolinis Briefen, in denen alles, was seine Kunst ausmacht, nachvibriert.« Karsten Witte, FRANKFURTER RUNDSCHAU

Herausgegeben von Nico Naldini
Aus dem Italienischen von Maja Pflug
Quart*buch. Blaues Leinen. 320 Seiten*

Ragazzi di vita

Pasolinis frühes und vielfach geächtetes Meisterwerk.
»Was den Leser so in die Prosa hineinreißt, ist freilich nicht der Realismus, sondern die Kraft dahinter: Pasolinis Leidenschaft für seine Figuren, seine Liebe zu den kleinen Gaunern.«
Peter Ruedi, WELTWOCHE

Aus dem Italienischen von Moshe Kahn
Quart*buch. Schwarzes Leinen. 240 Seiten*

Die Erzählungen wurden aus den beiden Bänden *I ventitre giorni della città di Alba* und *L'affare dell'anima* ausgewählt, die 1952 und 1978 im Giulio Einaudi Verlag in Turin erschienen.

Im Tal von San Benedetto (Nella Valle di San Benedetto): Die Erzählung war ursprünglich Teil der Sammlung *Racconti della guerra civile,* die Fenoglio 1949 beim Giulio Einaudi Verlag einreichte. Mit Ausnahme dieser wurden alle anderen Erzählungen der Sammlung später in den Band *I ventitre giorni della città di Alba* integriert.

Das Geschäft mit der Seele (L'affare dell'anima): Die Erzählung, die wahrscheinlich 1954 entstand, wurde erst 1968 postum in »Quaderni dell'Istituto Nuovi Incontri di Asti« veröffentlicht. Die Edition basiert auf der letzten Fassung, die im Fondo Fenoglio in Alba aufbewahrt wird.

Die dreiundzwanzig Tage von Alba (I ventitre giorni della città di Alba), Ettore geht zur Arbeit (Ettore va al lavoro), Neun Monde (Nuove lune), Der Geruch des Todes (L'odore della morte): Die Erzählungen erschienen in dem nach der gleichnamigen Geschichte benannten Band *I ventitre giorni della città di Alba,* mit dem Fenoglio 1952 zum ersten Mal an die Öffentlichkeit trat und berühmt wurde.

 Einbandgestaltung Groothuis+Malsy unter Verwendung eines Bildes von Robert Doisneau, © Rapho, Agentur focus, 1997. Gesetzt aus der Korpus Imprint durch die Offizin Götz Gorissen, Berlin. Gedruckt auf chlor- und säurefreiem Papier und gebunden von Clausen & Bosse, Leck. Printed in Germany.

ISBN 3 8031 3127 8